KU-613-190

亦舒精选

没有季节的都会

（加拿大）亦舒／著

南海出版公司

二○○二·海口

著作权合同登记号

图字：30 - 2002 - 123

图书在版编目（ＣＩＰ）数据

没有季节的都会/（加）亦舒著 . – 海口：南海出版公司，
2002.10

ISBN 7-5442-2250-0

Ⅰ.没… Ⅱ.亦… Ⅲ.长篇小说 – 加拿大 – 现代
Ⅳ.I711.45

中国版本图书馆 CIP 数据核字（2002）第 062957 号

MEIYOU JIJIE DE DUHUI
没 有 季 节 的 都 会

作　　者	（加）亦舒
责任编辑	袁杰伟　杨　雯
封面设计	姚　荣
版式设计	零语设计
出版发行	南海出版公司　电话（0898）65350227
社　　址	海口市蓝天路友利园大厦 B 座 3 楼　邮编 570203
经　　销	新华书店
印　　刷	唐山市润丰印刷有限公司印装
开　　本	850×1168 毫米　1/32
印　　张	6.375
字　　数	117 千字
版　　次	2002 年 10 月第 1 版　2002 年 10 月第 1 次印刷
印　　数	1～5000 册
书　　号	ISBN 7-5442-2250-0/I·459
定　　价	12.00 元

南海版图书　版权所有　盗版必究

常春不喜欢自己的名字。

少年时一直耿耿于怀父母给了一个这样的怪名，老怕同学取笑，过了一个十分忧郁的童年之后，见没有人揶揄，又感到寂寞，整整十多年为姓名烦恼。

成年后仍然不喜欢这个名字，说它俗它又不够俗，说它清它又不够清，总之十分尴尬，但已不那么自卑。

初中时洋老师点名点到她，见她没有英文名，沉吟一番，便卖弄地说："常春，你就叫史必灵吧。"

常春咧开嘴便笑，常家是上海人，常春常听爷爷管弹簧叫史必灵。还有，门锁亦叫史必灵，当然，春天也是史必灵，可是……

洋老师见少女笑，以为她喜欢这个别致的名字，便得意地说："干脆叫史必灵吧。"

直到大学毕业，出来做事，历劫红尘，她仍然叫做史必灵。

并没有为自己另外取名字。

开头是没有能力，待有了能力之后，又发觉人生不如意事十之八九，名字不好听不算什么，再说，这是父母亲大人一番好意，却之不恭。

一下子就这样懂事了，常春为自己恻然。

这个故事发生的时候，常春已是一间礼品店的老板娘，以及两个孩子的母亲。

是，年纪不小了。

十岁大的男孩叫安康，因为他父亲姓安；六岁的小女儿叫张琪，因为她父亲姓张。子女不同姓，是因为常春结过两次婚，她此刻独身，是因为同两任丈夫均告分手。

如果有人以为这样的身份复杂，那只不过是少见多怪，现代都会人的感情生活大都多变。

常春与前夫们维持着不十分友善的朋友关系，是为着孩子们。

她曾感喟地同她的好友朱智良律师说过："我擅长许多事，但维持长久婚姻关系却是我至弱一环。"

朱智良能言善辩，同客户说："世上没有十全十美的事，与十全十美的人。"

讲了等于没讲，可是常春还顶欣赏这样的话。

朱智良还是常春的第二任丈夫张家骏介绍的，处理分手后一切事务。

朱女为人风趣聪明，又懂得关心人，常春很快把她视为知己，朱女也没有令常春失望。

常春每日的生活其实刻板而简单，起码有八小时坐在礼品店内侍候客人，剩余的宝贵光阴涓滴归公：与家务助理打交道、帮儿女补习功课及找娱乐，处理各路账单……一天没有什么时间剩下来。

假如有日常春遇到神仙，许她一个愿望，她也许只会卑微地说："让我天天有不间断的八小时睡眠。"

她的家一直是单亲家庭。

那种压力不是局外人可以了解得到。

不过最坏的已经过去，孩子们已经差不多长大，生意上轨道，最要紧的是，她渐渐心如止水，反而有一股自然雍容的态度。

妹妹常夏养下婴儿后疲倦地向姐姐讨教："养孩子要养到几时才可出头？"

出头？真是妄想，常春不想灭她的志气，故安慰道："隔三四个月，戒掉夜奶，便好出头了。"

她成为育婴顾问。

因为常春坚持孩子的第一年必须亲手带，故事无巨细，她都一清二楚，百分之百是过来人，经验丰富。

这一天，同所有的一天一样，常春早上六点半就起来了。

她往往比菲律宾女佣早起，无别的原因，因为这是她的家，而女佣不过是受薪者。

她如常做了一杯浓郁红茶，才喝一口，就听见女儿叫妈。

常春丢下茶杯跑进房间去把幼儿紧紧搂在怀内。

女儿抬起头说:"妈妈可否别去上班。"每早必有此问。

常春答:"那不行,妈妈要去找生活,妈妈要赚钱,妈妈要供养你,你哥哥,还有,妈妈要养自己,还有,妈妈要照顾——"

小女儿给她接上去说:"妈妈的妈妈,还有,妈妈的爸爸。"她咕咕笑,犹如一只小鸽子。

常春笑着点点头,"对,差不多了。"

此时此刻,常春的灵魂飞出去老远,浮游在半空,严峻地向她的肉体:"如果你对生活现状不满意,就该设法改变它。"

常春叹口气。

这时女儿又问:"你要做到什么时候?"

常春耸耸肩,"五十岁六十岁,做到头发白。"

女儿拨开母亲的头发检查,"还要很长的一段时间吧,现在都不见白头发。"

"别担心,小琪,别担心,很快就白了。"

小琪很高兴,拍拍手,"届时妈妈可以整天陪我了。"

常春苦笑,届时琪琪何须母亲陪伴。

常春说:"妈妈希望可以放一个长假——"

房门边有一个声音替她续下去:"我们先打电话去问国家地理杂志哪一年的北极光最美,然后阖家乘飞机到挪威奥斯陆，住在那种温馨的小旅馆里，休息过后，坐在石阶上，手抱着膝，三母子齐齐看那悬挂在半空七彩锦缎似变幻无穷的极光。”

那是十岁的安康，把母亲的夙愿背得滚瓜烂熟。

安康说下去，"妈妈我有种感觉你这个假永远告不成。"

常春刚想申辩，女佣睡眼惺忪地敲门，"太太，你的电话。"

常春看看钟，七点零五分。

这一定是长途电话。

要不，就是哪个失眠的夜鬼，专等天亮好四处骚扰要上班的苦命朋友。

常春且放下他们兄妹俩去听电话。

出头了，曾经一度，她必须左手抱婴儿，右手抓电话听筒。

"史必灵？我是朱智良，有要紧消息通知你。"

常春一呆，马上做出动物式交替反应，握紧拳头，全身肌肉僵硬。

"吸一口气。"朱智良嘱咐。

"讲吧。"

"张家骏昨天晚上十时去世了。"

常春听到这句话，反应有点奇突。首先，消息好像完全不关她事，她没有与这个人共同生活已经超过三载，他平日亦很少同她联络，于是她松一口气。

可是再一想，完全不对，张家骏是张琪的父亲，他一过世，琪琪就成了孤儿，常春的心一酸，怔怔地落下泪来。

张家骏不是不疼爱这个女儿，小琪同他长着一模一样的小圆脸，他一有空儿便约见琪琪。常春通常安排女佣陪着他们父女见面，小琪次次大包小包带礼物回来，几乎整年都拆不完。

去世了。

朱智良轻轻在那一头说："你接受得了吗？镇定一下。"

常春用手抹一抹脸，忽然疲倦得不得了，直接反应是想逃回床上躺下，把被褥拉过头，继续睡十个八个小时。

终于她慢吞吞回答："我听到了。"

"能不能控制情绪！"

"可以。"

"详情如下：当时他在伊利莎白皇后轮的头等舱酒吧喝啤酒，忽然倒地不起，经医生急救无效，其时船正驶入日本横滨港。"

常春发愣，原来张家骏彼时正在度假。

"丝毫没有痛苦。"

这时安康跑出来，发觉母亲神色有异，起了疑心，问："妈妈，什么事？"

常春抬起头，"待会儿同你说。"

　　那边朱律师说："他护照上注明如遇急事，与我联络，所以我是头一个知道这件事的人。"

　　常春问："你是什么时候知道的？"

　　"清晨四时。"

　　"为什么没有第一时间通知我？"

　　朱律师答："天亮才说比较适合。"

　　"谢谢。"

　　"听着，史必灵，我要你上午到我公司来处理相应事务。"

　　"好。"

　　"中午十二时之前到，我等你。"

　　"是。"

　　常春终于放下电话，耳朵发烫，喉咙干涸。

　　她咳嗽一声，找到手袋，便抓住它走向大门。

　　安康在她身后大声问："妈妈，你干什么？"

　　常春茫然答："到店里去。"

　　安康笑："妈妈，你还穿着睡衣，我不信你已洗脸刷牙了。"

　　常春低头一看，果然如此，只得摸回卧室。

　　安康跟进去，见母亲颓然坐在床沿，似比平日更加疲倦，便趋向前，"妈妈，有什么事，尽管告诉我。"

　　他母亲抬起头来，"康儿，你已经够大了，可以接受事实，我不妨告诉你，琪琪的父亲去世了，我们先别把这个消息告诉她，反正她不会明白。"

十岁的安康一听这消息，吓一跳，目瞪口呆，妹妹的父亲，还不就是他的父亲？差点要哭出来，可是随即记起，兄妹俩同母异父，不关他事，便大大松口气，过去握住母亲的手。

如今的孩子，见得多知得多，十岁的智慧足可抵上一代的十五岁。

常春轻轻说："拿一杯热茶给我。"

安康立刻出去吩咐女佣斟茶。

然后他拨通电话，"喂，喂，我是安康，我要同我爸爸安福全说话。"

他等了一刻，又说："我一定要现在同他说，请叫我爸爸起床。"

终于他父亲来同他说话，安康一味问："你好吗？爸爸，你好吗？"

说着说着，那十岁大的孩子哭起来。

他父亲安福全睡梦中被吵醒，惨就惨在身边还躺着一位不耐烦的女朋友。

他荒淫？

也不能对他太苛刻，他是个离了婚近十年的单身汉，自然有权拥有若干私生活，人就是人，安福全并没有出家做神父。

他只有这个孩子，当然关注，"康儿康儿，莫哭莫哭，你母亲呢，让我同她说几句，她心情不好？何故？谁，谁不在这世界上了？呵，琪琪的父亲，不关你事，你好好上学，今天放学我来接你，一定一定，我们兜完风再回家，再见。"

他清醒了。

身边的女朋友懒洋洋地道："没想到安先生您还是个好父亲。"

安福全苦笑。

"您忘了今天是我的生日呢。"

"对不起对不起。"安福全一额汗。

"不过算了，莫失信于孩子，我们晚些出去好了。"

"皇恩浩荡，皇恩浩荡。"

"我自己也有孩子。"女友叹口气，"我知道其中艰难。"

安福全嘴里不说什么，心中却想，离婚再盛行下去，将来几乎每个人都有机会带着孩子再婚，人际关系之错综复杂，将成为一笔电脑都算不清的糊涂账。

且回到常春这边来，看她做些什么。

她终于换好衣服，送两个孩子上学去。大儿已是小学四年级学生，女儿刚进一年级，幸亏都在一间小学，那是常春的母校，她告了假苦苦坐在校长面前哀求录取，杀手锏是当年她自己品学兼优的成绩报告表。

这一切，都得由母亲来做。

无论多忙，无论风头多劲，这些杂务，多半落在母亲身上。

常春在校门前叮嘱儿子："照顾妹妹。"

幸亏是自己的生意，十点钟才开店门，常春先到商场附近的酒店咖啡店去吃早餐。

做礼品店利厚但琐碎，常春数过店内零碎货色，竟不少于五百种，她雇用着一个女孩子做店员，每日担心是：助手上班、抑或不上班？这年头做小老板不容易，单一个伙计罢了，就得出尽百宝留着她，年轻女孩子没长心，三五千薪水什么地方都赚得到，一不高兴，索性失踪。

常春有二怕，一怕女佣辞工，二怕店员不干。

她夹在这两位大帝之中，天天活得像龟孙子。

不过这一天她精神委靡，倒是不担心店员迟到抑或不到，捧着咖啡杯，思潮飞出去老远。

张家骏同她分手时算是慷慨，把手头上所有现款转入常春的户口，作为女儿的抚养费。

他俩实在不能共同生活下去。

他太爱嬉戏，她越来越严肃，格格不入，生活上不知多少摩擦。

分了手大家清爽。

店员找常春找到咖啡座来，常春把钥匙交给她，然后说："我一小时后才回来。"

常春同朱智良律师有约。

朱律师英姿飒飒地迎出来，一手搭在她肩膀上，似安抚她，另一手推开会议室门，请常春进去坐下。

开门见山，朱律师说："常春，你其实还没有同张家骏离婚。"

常春一愣。

不错，这是事实，法律上他们只是分居但是没有正式离异。

常春惊恐，"有什么后果？"

"你是他的遗孀，你有权分他的遗产。"

常春过一会儿才说："我惯于自食其力。"

"小琪琪呢，你得替她着想呀，进威斯理总好过进本地学堂。"

朱律师说得对。

"我替你争取，我知道你的脾气：姿势要漂亮，总之是你母女应得的我才拿好不好？"

"谢谢你。"

朱智良抬起头，"我早就替你们做好离婚文件了。"

常春说："我也早签了名。"

"张家骏却似有所留恋。"

常春讪笑，"你我切莫自作多情，他这个人，他只是没有空儿理会这些细节，反正签不签名，又不妨碍他风流快活。"

"他不是个坏人。"

常春也承认，"是，他不是坏人。"

"别想过去，眼睛看着将来。"

"将来，"常春叹口气，"两子之母有什么将来。"

"怎么没有？我不知多羡慕你，"朱智良感慨万千，"我良久希望有一儿半女，可是年前做了手术，已令我丧失做母亲的资格。"

"一个人有一个人的好处。"

"可是你知道人是奇怪动物，没有哪样总会想哪样。"朱智良无限失落。

是的，常春承认，亘古以来，孩子都是女人最宝贵的财产。

朱智良说："我肯定你的心境很快会平复下来。"

常春喃喃说："伊利莎白皇后轮，他不是一个人在船上吧？"

朱智良明知而故答："皇后轮载客千余人。"

常春笑笑站起来告辞。

常春太清楚张家骏，他当然不是单独上船，他一定有女伴。

再挨几年，常春也一定同子女上船去，到阿拉斯加看冰川去。

回到礼品店，见少女店员正招呼客人卖水晶摆饰。

客人要求折扣，店员叫她问老板娘。

常春心情特坏，竟不加理论，立刻给予九折，客人知是公价物品，拣了便宜，便多买几件。

客人去后，店员嗫嚅地说："常小姐，我有话同你说。"

一波未平，一波又起，不是告假，就是辞工。常春抬起头来，忧虑地问："什么事？"

"常小姐，隔壁店员拿五千块一个月。"

原来只是这样。

常春随口便说："月底你拿五千五。"

人生如此无常，何必斤斤计较。

少女大喜，"常小姐，我一定会好好做。"

常春怔怔地想，这么些年了，经营一盘小生意，锱铢必较，赚些蝇头小利，苦是真苦，连带性情也小气尖酸，更衰多三成。

非要改过来不可。

中午，她照例驾小小房车去接两兄妹放学。

在校门口等了半晌，不见他俩出来，慌了，抛下车，走进操场去问。

有小同学答："安康同他妹妹被爸爸接走了。"

常春心急，慌忙到校务处找电话拨安福全的寰宇通。

一听到安福全的声音，常春眼泪滚下来，"小康与小琪在你车上？"

"是呀。"

常春掩住脸，硬生生把跳到喉咙的一颗心按捺下去，"你叫小康同我说话。"

安康接过电话才想起忘记关照妈妈。

常春抱怨，"吓死我了。"

安康无限歉意，竟说不出话来。

"好好同爸爸玩吧。"

"爸爸带我们吃午饭。"

安福全在一旁说："你放心，我会照顾他们。"

常春怔怔地挂了线。

回到小车旁，见水拨上已夹着违例泊车的告票。

常春已见怪不怪，仍驾车返回店中。

今日她心思不属于自己。

认识张家骏的时候已经开了这爿店，店堂三面都是玻璃，张家骏每日握着一枝"毋忘我"轻轻敲她写字台附近玻璃，希望约会她。

他豁达的性格使他待安康一如己出，因此安福全也十分善待张琪。

他早就说好，要亲自教琪琪跳狐步及华尔兹，现在这计划泡了汤——常春不会跳舞，也许琪琪也不会跳舞。

常春喝了许多水，去了许多次洗手间。

六点半小店打烊，她也不觉疲倦，踯躅到停车场，看向天空，天还没有黑，一弯新月已经挂在空中。

安福全把两个孩子送了回来，正在等常春。

她知道他想安慰她两句，现今世间，能够这样周到倒真算个好人。

安福全见到前妻，无话可说，竟用手拍拍她肩道："节哀顺变。"

常春一听，忍不住歇斯底里地笑出来。

安福全有点尴尬，他搔搔头皮，"有人在等我，我赶时间，你自己保重。"

常春点点头。

当然是红颜知己在等。

他走了之后，常春问孩子："玩得高兴吗？"

安康抢着说："董阿姨与她女儿白白也跟我们一起，人家白白长得真漂亮，大眼睛，鬈头发，琪琪一比就比下去了。"

琪琪不忿，"谁说的？她才不比我更美，我有我的好处，我不比她差。"

说得真有道理。

可是小女孩的眼泪接着涌出："你是我哥哥，你不帮我，帮别人，妈妈，我不要他，给我换个姐姐。"

说着扑在母亲怀中尽情地哭起来。

哪里来那么多的眼泪，简直似水做的，常春觉得她自己似拧干了的橘子，再也挤不出一滴汁液。

她叹口气，"琪琪，将来要哭的事多着呢，快留回一点眼泪正经用。"

安康今日特别同情妹妹，忙蹲下来哄她，"白白的头发不好看，不如你的乌亮，还有，她块头太大了。"

琪琪脸上挂着亮晶晶的眼泪，破涕为笑。

常春向儿子投出感激的一眼。

嗯，安福全的现役女友嫁过洋人，且生有一名混血儿。

如果他俩发展得好，那个白白将同琪琪一样，都会成为安康的妹妹，真复杂。

满城都是婚姻失败者，且企图鼓起余勇，再试一次。

常春有充分经验，她已不相信世上会有成功的婚姻。

正如天下没有完美的宾主关系一样。

她躺在床上，闭上双目。

真没想到时间过得那么快，四年晃眼而过，而张家骏始终没在离婚书上签字。

遗产……琪琪应得那一份……

常春不知张家骏手头上有些什么，她不是一个精明的女子，一而再，再而三，她都没有自异性身上得到什么好处。

不过是想找一个伴侣，日常生活能有个商量，放假时去逛个街吃顿饭，如此而已，竟也不能。

常春昏昏睡去。

她忘了拨闹钟，潜意识里想，起不来拉倒。

可是仍然起了床，且分秒不差，生理闹钟更准。

常春搂着琪琪喝咖啡，琪琪对这特殊的恩宠有一点点奇怪，可是很快习惯下来。

安康悄悄问妈妈:"我们几时把那个坏消息告诉琪琪?"

常春沮丧,"我不知道,我不懂怎样开口。"

她带着这样的心情回到店铺去。

助手芝芝告诉她:"朱律师打过电话来。"

这么急?

常春连忙复电。

朱智良开口便道:"史必灵,别寒酸了,买个手提电话吧。"

她的声音有异,常春一听便听出来。

"有事?"常春问,"有事快快陈上。"

朱智良沉默一会儿,才有了决定,"我现在马上到你店来,面对面讲清楚。"

"喂,别卖关子好不好,有什么事电话里不能讲?"

"还是面对面说的好,我马上出门。"朱智良挂上电话。

常春觉得奇怪,他们做律师的什么事没有见过,居然大惊小怪,可见是要紧的事。常春站在玻璃门里等朱律师。

来了。

常春对她的外形喝声彩,现代女性,真是要人有人,要才有才,要财亦有财。

这样标致的一个人,可是人家还真不靠外形吃饭,可惜至今小姑仍然独处。

朱智良若是男性，那真是要女强人有女强人，要小明星有小明星。

说时迟那时快，朱智良已经推门进来。

"常春，我们去喝杯咖啡。"

常春已经一肚子水，没奈何，只得跟着跑。

常春笑问："要不要我替你拿公事包？"

朱智良瞪常春一眼。

坐下来，朱智良双手叠在胸前，严肃地问道："你有没有听过冯季渝这个人？"

常春张大嘴巴，摇摇头，谁，是男是女？

朱智良低头叹气，"你没有出去走不知有多久了。"

常春不耐烦地揶揄，"少认识个把名人，有何损失？"

"冯季渝在广告界颇有点名气，算得上是个才女。"

常春只"啊"地一声算数。

"冯季渝三年前在温哥华注册结婚——"

听到这里，常春不耐烦，以质疑眼光看着朱律师，这一切，同她常春有什么关系？

朱律师当然明察秋毫，叹气说："你听下去就明白。"她的神情也十分困惑，"冯季渝三年前结婚，可是两年前就分居，那是一段非常短暂的婚姻，且在外地悄悄举行，故知者不多。"

常春到底是出来走的人，故一直耐心地聆听这宗表面上同她一点关系也没有的个案。

"每宗婚姻必须有两个主角：新郎与新娘，现在我们已经知道新娘是冯季渝，猜猜新郎是谁？"

常春根本不打算猜，也不可能猜得中。

"谁？"她问。

朱律师铿锵地说出三个字："张家骏。"

常春抬起头。

她瞪大眼睛张大嘴，完全明白为何朱智良要亲自出马面对面同她讲明这件事了。

常春迅速在脑海中分析整件事。

张家骏四年前与常春办妥分居事宜，自此一拍两散，他在一段很短的时间之后认识了冯季渝女士，向冯女士求婚，并且在温哥华注册结婚。

重婚！

朱智良打开沉重的公事包，取出一只文件夹子，打开其中一页。

"请看。"

那是一张结婚证书。

男：张家骏，三十五岁，单身汉。

女：冯季渝，二十七岁，独身女。

常春抬起头来，"他发假誓。"

朱律师点点头。

"我可以向他提出控诉。"

"正确。"

"冯女士亦可将他告进官里去。"

"正确。"

"那个混球。"

"正确。"

"但是他已经不在人世。"

"完全正确。"

常春用手捧着头，不信天下有如此荒谬之事。

半晌常春问："他有两个遗孀？"

朱律师颔首："他同冯女士也还没有离婚。"

"一个人怎么可以不住地结婚而从不离婚？"

朱智良答："或许，他爱女人。"

常春啼笑皆非。

忽然想起来，"他俩有没有孩子？"

朱智良看着常春。

常春颓然，如果没有孩子，怎么会站出来。

"一个女孩，两岁半，当年冯季渝是怀了孕才同张家骏结婚的。"

没想到张家骏还有一个女儿。

"叫什么名字？"

"张瑜。"

张琪同张瑜，都是好名字，幼吾幼以及人之幼，两个小女孩此刻都失去了父亲，都是可怜的小人儿，常春为之恻然。

不由地问："她爱孩子吗？"

朱律师用手托着头，"我不知道详情与细节，事实上那位冯女士昨日下午才找上门来。她开门见山，说是张家骏叮嘱她的，有事，找朱律师。"

常春在这种关头都忘不了调笑，"你真是张家骏的红颜知己。"这些年来，若不是维持着这一点点幽默感，早就精神崩溃了。

谁知朱律师叹口气说："是，他视我如好兄弟。"

常春问："你俩的关系，又是如何建立起来的？"

朱智良瞪常春一眼，"这件事不在本故事范围以内，你自顾不暇，还管闲事？"

常春一想，教训得是，连忙眼观鼻、鼻观心。

"人家冯女士比你厉害精明一百倍，"朱智良教训道，"人家完全知道该在什么时候做些什么，人家一开口就问遗产有多少，一坐下就把所有证明文件副本递上来。你？你还做梦呢？"

做梦有什么不好？

常春但愿天天做其春秋大梦。

她说："我也不是什么好吃果子，只不过你爱护我，替我着急，所以觉得我蠢。朱律师，张家骏既然没有遗嘱，财产应当怎样分配？"

朱智良摇头沉吟，"张琪与张瑜一人一半。"

常春抬起头，"如果冯女士比我更迫切需要，我愿意退出。"

朱智良摇头叹息，像是在说，没出息就是没出息。

常春心中另有想法。

她十分了解张家骏，他爱吃爱花爱全世界所有享受，且不过只是个高薪打工仔，能有什么东西剩下来？

大不了是他住着的那幢公寓，还不晓得欠不欠银行的钱。

"您老照办吧。"常春叹口气。

"冯季渝想与你见面。"

常春一听，连忙摇头，摇过来摇过去，摇得不能停，摇得不亦乐乎。

"谢谢谢谢，我可不想见她，我反对天下为公，天下大同，我同她，没有任何关系，朱律师，拜托拜托。"常春不住拱手。

"你们当然有关系！你俩女儿的父亲都是张家骏。"

"孩子是孩子，我是我。再说，张家骏已经不在了，多讲无谓。"

"你们一定会碰头的。"

"是吗？"常春不以为然。

"你总不能不让小琪琪去见父亲最后一面。"

这一句话唤醒了常春。

真的。

她愣愣地看着朱智良。

朱律师轻轻说："我们华人常常认为父母的所作所为会报应在子女身上，虽然迷信一点，可是你看，孩子们却还真的脱不了关系。"

朱智良没有孩子，朱智良问心无愧，绝对可以撇清。

"我还没有同琪琪讲呢。"

"赶快向她解释，不能再拖延。"

"怎么同一个六岁半的孩子述及生与死？"

"请教儿童心理医生。"

常春决定求助于专家。

经朋友介绍，她把小琪琪带到医生处。

两个大人一个孩子先坐下来，东南西北聊了一会儿，琪琪很健谈，对医生也不见外，絮絮诉说着学校里的事。

渐渐入巷，医生问："爸爸爱你吗？你想念爸爸吗？上一次见爸爸是什么时候？"

常春沉默了。

她心如刀割地坐在一角。

忽然之间琪琪抬起头，对医生说："爸爸已经去世了。"

医生吓了一跳，连忙看向常春。

常春蹲下问女儿："你是怎么知道的？"

小琪很平静地答："哥哥告诉我的，哥哥叫我别怕，还说，他会像爸爸那样爱我和保护我。"

这一下子，不要说是常春热泪盈眶，连医生都鼻酸。

医生趁势问："你知道去世的意思吗？"

小琪点点头。

"说给妈妈及医生听。"

小琪说："爸爸去了一个更好更舒服的地方，将来我们也去那里与他会合，不过暂时我们见不到他，他不能再陪我到公园以及看电影了。"

常春急问："这也是哥哥告诉你的？"

小琪点头。

常春真想拥吻她的小哥哥安康。

医生问："你觉得难过吗？"

小琪琪又点点头，就在这一刻，她哭了。

常春把女儿紧紧抱在怀中。

她的思潮飞出去老远老远，去到琪琪刚出生那一刻。

当时，已经雇了保姆，张家骏仍然不放心，半夜起来好几次，坐在小床边，凝视幼婴的小脸蛋，而她，悄悄起来，在门缝偷偷看他们父女。

一刹那都灰飞烟灭了。

追思礼拜的日子已经定出来。

常春去商场替小琪找黑色的小裙子及小帽子。

终于找到一件深蓝镶白边的水手服，还算过得去。

她自己有现成的黑白套装，专为参加丧礼用。

没想到安康说："妈妈我陪你们去。"

常春只想把事情简化，"康儿，你需明白，这件事与你无关。"

安康不以为然，"我妹妹的事怎会与我无关。"

他挺一挺胸膛，俨然一个小小男子汉。

"好，好，"常春赞叹，"你也一起来吧。"

很多成了年但专门卸膊的男子也许还得向十岁的安康学习，真难得他有保护妇孺之心。

安康还把他父亲叫了出来做司机。

一家沉默肃穆地驶向教堂。

安福全索性坐在最后一排，待仪式过后，接他们回家。

常春领着两个孩子坐在左边，她的目光无法不落在右边一个黑衣少妇上。

那少妇雪白皮肤，剑眉星目，一头短发，膝上抱着一个两岁左右的小孩儿。

奇就奇在那孩子穿着与小琪一模一样的水手裙，小儿还不识愁滋味，笑嘻嘻小小脸蛋转过来，常春吓一跳，她长得竟然与小琪一模一样，似同一模子印出来，不用贴邮票都寄得到，原来同父异母的两姐妹都像张家骏。

常春打量那少妇，那少妇也打量常春。

不用说，那少妇一定是冯季渝女士了。

此时琪琪说："那边那个小女孩像是洋娃娃。"

安康看母亲一眼，"她长得同琪琪像姐妹。"

根本就是两姐妹。

忽然之间，那小小孩儿挣脱了母亲怀抱，双脚落地，向常春这边走来。

而小琪也在这时候迎上去，伸出手来，握住幼妹的小手。

两个女孩子站在一起，若不是大小有别，活脱就似孪生儿。

常春与冯女士遥望，无言。

朱智良律师到了，先与冯女士说几句话，才过来同常春打招呼。

常春低声揶揄道："亏你吃这口饭。"

朱律师也气了，"谁让我嫁不出去。"

常春噤声，这分明是讽刺她嫁过多次。

牧师出来主持仪式。

短短三十分钟的追思礼拜很快过去。

就这样与张家骏永别了。

在座的除了这几个人，也没有谁来致最后怀念。

人一走，茶就凉，张家骏那些猪朋狗友一个也没到。

司琴的是位清丽脱俗的少女，一曲奇异的救恩充满感情。

常春默默祈祷：上帝，赐我耐心爱心，力气力量，带大我两个孩子，抚养他们成人，看到他们成家立室。

鼻子越来越酸，终于又落下泪来。

安康一只手始终搭在母亲肩上。

常春握住儿子的手，这时，她发觉十岁孩子的手已经相当强健有力，很像是可以保护她的样子。

常春掏出手帕抹干眼泪，抬起眼看到冯女士已站在她身边。

常春不愿意与她打招呼。

在大被同眠与小家子气之间，她没有选择，她情愿被人误会她小气。

张家骏同她分手之后的事，与她无关，正如离婚启事所说，自此男婚女嫁，各走各路。

常春低下头。

可是该死的朱智良律师不放过她，朱女说："这位是常史必灵，这位是冯季渝。"一径为她俩介绍起来。

到了这个地步，常春被逼欠身。

安康好奇地看着冯氏母女。

教堂里主礼人士统统散去，倒是个谈话的清静处。

可是朱律师犹自不心足，"我们去吃杯茶吧。"

常春连忙说："我累了。"

冯女士看着安康，又看着张琪，忽然之间困惑地说："我一直不晓得张家骏结过婚。"

常春心中一声"糟糕"，这些对白可是儿童不宜，她连忙与安康说："你同你父亲先走一步，我有点事。"

安康不知多想听下去，故十分勉强地问："妹妹呢？"

"妹妹陪我。"

安康只得与他父亲先离去。

谁知那冯季渝竟把常春当做自己人，一点也不顾含蓄礼貌，张口便问："那大男孩不是张家骏所生?"

常春忍不住白她一眼，十三点，三八。

朱智良连忙咳嗽一声，冯季渝立刻噤声。

好在冯女士立刻道歉："对不起，我忘形失态了，这些日子我受了刺激，竟不知道控制自己。"

朱智良说："张家骏的确吓了我们一跳。"

"谁会想到他有两任未曾离婚的前妻。"

常春随即发觉能这样坦白也是好事，至少心事不会郁在胸中导致生瘤。

冯季渝接着说："常女士，如果你不介意，我们或许可以去喝杯茶。"

常春此时发觉后座一角有个人一直在注视她们。

那是个穿西装面貌端正的壮年男子。

常春已约莫猜到他的身份，于是向冯季渝投去一眼。

冯季渝居然略见腼腆，证实常春猜测不差，那位男士，当然是她现阶段的异性密友。

聪明能干的女士哪愁寂寞。

常春轻轻说："我实在累了，想休息。"

冯季渝不加勉强，"下次再赏脸吧。"

她俩各自领回自己的女儿。

常春再也忍不住，打开手袋，取出皮夹子，给冯季渝看琪琪幼时小照，"像不像？"

冯季渝一看，啧啧称奇，"简直一个模子里印出来的。"

朱律师也说："遗传这件事，可真是神秘。"

距离拉近了，可是常春仍然不想同冯季渝坐在一起喝茶。

这的确是她的狷介。

朱律师说："史必灵，我送你。"

冯季渝笑笑，她想，史必灵，倒是个别致的好名字。

在车里，琪琪问母亲："那小女孩是谁，为什么同我长得一模一样？"

常春决定大事化小，小事化无，大刀阔斧，大力删剪剧情，只说："人有相似。"

反正她俩以后没有必要再见面，两女均随母亲生活，各人自顾。

女性越来越能干，越来越独立，这个世界快成为母系社会了。

朱智良看常春一眼，像是在说："这又是何苦，她俩明明是姐妹，将来可能要倚靠对方。"

常春只是别过了头。

常春与常夏倒是事事常有商量，但那不同，她们是同父同母的亲姐妹。

到这个时候，常春才感激父母只结一次婚，是，他们感情欠佳，吵吵闹闹数十载，但是他们终于白头偕老，实是一项成绩。

她常春就做不到。

朱律师一边驾驶一边问："万一你有什么事，你会把琪琪交给谁？"

"常夏。"

"好，"朱女说下去，"假如冯季渝把小张瑜交给你，你会不会接收？"

"人家好好的，干吗要托孤？"

"万一，我是说万一。"

常春硬着心肠答："不关我事。"

朱律师只得叹一口气。

琪琪好奇地问："妈妈什么叫做托孤？"

"那是大人的事，孩子们不用问。"

到家了。

常春替女儿更换衣裳，嘱她乖乖做功课。

不知怎地，靠在长沙发上，常春昏昏睡去。

忽见一人推门进来，径向琪琪卧室走去，常春急忙唤住他："喂，喂，你是谁？找谁？"

那人转过头来，不置信兼伤感地答："常春，你连我都忘了。"

是他，是张家骏！

常春怔怔看住他，一点也不害怕，只觉不好意思，她胡乱找一个借口："你瘦多了。"

张家骏忧郁地说："我来看琪琪。"

"她很好，我在有生之年都会好好照顾她，你放心。"

张家骏点点头，"我知道你一直是个好母亲。"

常春忍不住问："你去瞧过瑜瑜没有？"

"我这就去。"

常春还有许多话要说，可是只觉胸前闷塞，一觉醒来，原来琪琪的脸压在她心口，红日炎炎，不过是做了一个梦。

常春啜啜亲吻琪琪的脸，呢喃道："妈妈的小公主，妈妈的亲生女，琪琪是妈妈的宝贝蛋。"

安康走过来，知道那是母女间独特的感受，做儿子的将来是男子汉大丈夫，不可能享受得到，便耸耸肩轻轻走开。

常春紧紧拥抱女儿。

她在心中说："张家骏，有生之年，我都会尽我卑微的力量照顾琪琪的，你放心吧。"

现在的母亲不比从前的母亲，现代女性力大无穷，站出来，发起雌威，吼一声，还真管用，正是要面子有面子，要人情有人情，出钱出力，在所不计。

不比以前，孤儿寡妇只会搂作一团哭泣，任人欺诈。

常春多年来身兼父母双职，挥洒自如，暗自惆怅，又是另外一件事。

话虽如此，不过朱智良律师讲得对，琪琪应得的那一份遗产，应当争取。

第二天，安福全约常春午饭谈正经事。

常春同常夏说："算是幸运了，不能共同生活，不能做朋友，却还不至于反目成仇。"

做妹妹的只得如此说："他们确还算是有人格的人。"

常春感喟道："我知道有人离了婚二十年还不能摆脱前夫来要钱。"

常夏的答案很简单，"报警。"

常春依约去见第一任前夫。

安福全开门见山，"史必灵，老老实实，你有没有困难？"

常春于是老老实实答："没有，安康大学学费都已准备好了。"

安福全放下心，很钦佩地说："史必灵，你真能干。"

这句赞美之后有多少血汗泪，且莫去理它，此刻常春却挺起胸膛，接受荣誉。

她谦虚道："这是做现代女人的基本条件，人人如此。"

安福全公道地说："史必灵，我这个小男人不会叫你辛苦，安康的学费归我。"

常春客气，"谁出都一样，不必计较。"

分了手反而相敬如宾起来，可见双方是情不投意不合，人还都是好人。

当下常春微笑，"没有旁的事了吧?"

他只是担心他的儿子。

安福全却忽然轻轻说:"我也许会结婚。"

常春一怔，没想到她会是第一个接到消息的人，故此客套地微笑，似一个长辈般口吻:"是董小姐吧?"

"是。"安福全承认，忽然无缘无故替新对象申辩，"她是一个很好的女子。"

常春连忙附和，"肯定是。"

安福全笑了。

接着，常春最怕的那件事来了，安福全说:"也许，几时有空儿，大家可以见个面。"

常春连忙说: "我忙得不可开交，改天再说吧。"

安福全同她生活过，当然知道她脾气，只是笑。

回到店里，埋头做账，半晌抬起头来，只觉寂寥，人人都结婚去了，只剩她一个人。

常春又讪笑，她也不赖呀，有两次正式结婚记录，足以交差有余。

现在想起来，真不知是哪里来的勇气与精力。

两段婚姻，两个孩子。

当年两次都紧紧把孩子抓着，除了常夏，人人都不以为然。

常夏说得好："只有你的亲生儿会来扫你的墓。"

常春没想那么远，吓一跳，"这话好难听。"

常夏讪笑，"痴儿，这是一定会发生的事，何必避忌？"

常春低下头，恻然。

然后她记得她问："做人一生营营役役，究竟是为什么？"

常春耸耸肩，"自古至今，不知多少哲人问过这个问题，谁知道答案？"

常春抬起头，这爿小店，将她关住近十年，这是她的营生，她，她孩子的衣食住行学费，统统在这里了。她的前夫尊重她，也是因为她生活上妥妥帖帖，不令任何人尴尬羞愧。

所以常春不敢离开牢狱似的工作岗位，日日重复着枯燥的点货做账手续，一天又一天，一年又一年。

她且努力储蓄，希望有一日可以为自己赎身，退休消闲去。

助手过来说："常小姐，我下班了。"

常春猛地惊醒，呵，又是一日，她惆怅地说："你去吧，我来锁店门。"

助手走了良久，常春忽然听见有人用手叩玻璃墙，她几疑是张家骏来接她下班，当中那十年根本没有过，琪琪还没出生，而她，常春，犹有余勇。

玻璃门外是稀客。

她是冯季渝。

常春大叹倒霉，谁叫她打开店门做生意，真正过门都是人客。

她不得不站起来，挂上一个疲乏的笑容，打开门，"我们已经打烊了。"

但是她遇见的是顽强的冯季渝女士，一点也不客气，一手顶住玻璃门，便进来坐下。

常春只得叹口气。

冯季渝四下打量。

她忽然说："我明白了。"

常春真想问她明白了什么。

冯季渝自动揭晓谜底，"原来张家骏送我的小礼物都来自贵店。"

常春一听，"嗤"的一声苦笑。

她问冯女士："有事吗？"

看情形冯季渝也上了一整天的班，看上去也很累，"朱智良说你的店在这里，我特来看看。"

该死的朱女。

冯季渝忽然伸出手臂，反过去捶捶腰身。

常春一怔，这一下她看出苗头来了。

不会吧。

可是……常春在心中嘀咕，竟有这种事？

冯季渝呼出一口气，"明人眼前不打暗语，史必灵，我找你来商量一件事。"

"请说。"

冯季渝侧侧头，此刻她的脂粉有点褪色，额角与鼻梁都泛油。常春便想，不比我这个老姐姐好很多嘛，不由得同情起来，决定听她说些什么。

冯季渝开口："昨夜我梦见张家骏。"

常春一愣，说："日有所思，夜有所梦。"

"他来看瑜瑜，他不放心孩子。"

常春不出声，没想到冯女士梦境与她的相似。

"我同他说，有我一日，瑜瑜必定无事，他可以放心。"

两个女人给张家骏的答案也一样。

然后，冯季渝说到正题上去："朱律师在统计张家骏的遗产。"原来如此。

常春笑笑："公事公办。"

她起来收拾杂物，掏出钥匙，准备关店，作势逐客，不打算多讲。

冯女士说："我希望两个孩子可以平分。"

常春答："朱律师会看着办。"

"张家骏没有遗嘱。"

常春温言说："孩子们在家中等着我呢。"

冯季渝只得站起来。

常春关灯锁上玻璃门。

冯季渝问："为什么我对你有强烈好奇心而你对我不感兴趣？"

常春答："因为我年纪比较大，已没有精力去管闲事。"

她俩边走边谈。

冯季渝说:"我一直认为你会了解我的窘态。"

常春停下脚步。

冯季渝摊摊手,"当年我与张家骏匆匆忙忙在外国结婚,不过为了替孩子弄一个合法的身份,我同他根本合不来,我俩并无婚姻生活。"

常春不出声,过一刻她说:"过去的事,不必多提。"

她已讲得十分婉转,她根本不想做这个听众。

冯季渝失望了,就算是她,也不得不知难而退,她没想到常春竟然会建起铜墙铁壁来保护自己。

应该的。

冯季渝说:"再见。"

她转头踽踽向另一头走去。

常春不忍,叫住她:"我送你一程可好?"

冯季渝摇摇手,"我自己叫车。"

常春劝:"这种时候哪来的空计程车,你身子不便,待我送你。"

冯季渝颓然,"瞒不过你的法眼。"

两女上了车。

天忽然下起雨来,交通挤塞。

常春用汽车电话同两个孩子联络过,然后打开车中一只旅行袋,取出一筒巧克力饼干及一瓶矿泉水，递给冯季渝，"吃点东西，现在不是挨饿的时候。"

冯季渝有说不出的感激。

她那童言无忌的脾气又来了，"张家骏怎么会同你这么体贴细心的女子分开？"

常春笑笑，"也许他不想多一个母亲。"

冯季渝说："我喜欢孩子。"

常春揶揄，"看得出来。"

"我仔细想过，许是自私的做法，我们这干事业女性，挨得过四十岁，也挨不过五十岁，晚年没有孩子相伴，景况凄惨。"

常春看看她，"孩子不一定会在晚年陪你。"

冯季渝笑笑，"那是另外一个问题。"

"一个女人独自带大孩子，真是够辛苦的。"

"可是他们像安琪儿那样的面孔……"

常春接下去，"养到六个月就可以拧他们的面颊，出奇地结实。"

"一岁便会讲话，造句往往出乎意料般的有纹有路。"

常春说："没有他们，世界肯定沉沦。"

"幼儿是世上最痴缠的一种人，见到母亲出门上班会哭泣，呵呜呵呜，小小脸蛋只剩一张嘴，哭声似小狗，真凄凉，听到他们哭，母亲背脊如中利刃。"

常春是过来人，当然莞尔。

没想到冯季渝是个好妈妈。

常春沉默。

交通一寸一寸那样移动。

常春又错过一个路口，要多兜二十分钟，才到冯季渝指定的大厦门口。

"谢谢你。"

"不客气。"

冯季渝进去了。

常春把小车缓缓退出去。

这是琪琪妹妹的妈妈呢。

除去一表三千里之外，现代人另有牵三绊四由失败婚姻带来的亲戚。

哭得如一只小狗，形容得真传神，发起脾气，他们又像小猫，咪呜咪呜，不住扭挣。

回家迟了，琪琪硬是缠着妈妈不放，整个人挂在母亲身上看电视、吃饭、玩耍。常春浑身是汗，总要哄得囡囡入睡，才能匆匆淋浴，多年来都是这么过，倒在床上，不消一刻，黎明已现，第二天又来了。

如此生活其实非常苍白，套句新派诗人的常用语，也许就是"一点灵性也没有"。

常春茫然，不是这样过又该怎样过？每晚在派对度过生活亦不见得更充实。

常春埋头在女儿耳朵边，"去睡好不好，妈妈总不明白为什么你们有得睡不去睡，妈妈却想睡没得睡。"唉，若不是为他们，长眠不醒更好。

琪琪仍然呜哩呜哩。

常春希望孩子们快快长大，去，去，去跳舞，让妈妈在家好好睡一觉。

常春打一个哈欠，眼皮直挂下来。

安康拿了手册过来。

密密麻麻小字，逼着常春打起精神看一遍，签了名。

一边身子越来越重，终于，琪琪压在母亲的臂膀上睡熟了。

常春把女儿抱到小床放下。

这一刻，她又不舍得琪琪长大，她凝视女儿的脸片刻，想到再过二十年，琪琪也许会坐在小床边看着孩子，更有种天苍苍地茫茫的感觉。

不过这种享受并不长久，电话铃上天入地那样响了起来。

是朱智良律师。

"你们终于见了面。"

"在你非常刻意的安排下，该次会面似乎不可避免。"

"你可了解她的忧虑？"

"不，我不明白。"

"她怀着孩子。"

常春答："我已经看出来了。"

"这孩子不是张家骏的。"

常春叹口气，"那是她的私事，与人无关。"

"冯季渝打算再婚。"

常春沉默，她绝对有权那么做。

"而你目前是独身。"

"正确。"

"冯季渝怕你根据这点同她女儿争夺遗产。"

常春"嗤"的一声笑出来。

"别笑，有律师肯接这样的案子——你是寡妇而她不是，你会争得同情分。"

"朱女士，你到底帮谁?"

"我不偏帮谁，我受张家骏所托，想尽量公正地摆平这件事。"

"事到如今，我又不愿意退出了，请告诉我，张某人遗产是否近亿?"

"不要开玩笑。"

"到底有多少?"

"两个女儿的大学费用怕是有的。"

"你同冯女士说，我不会出点子欺侮她，来日方长，我的琪琪才上一年级。"

"我是希望你们可以做个朋友。"

"天下那么多女人，何以张家骏之后妻偏要同张家骏之前妻做朋友?"

朱女不答。

常春说："我们没有缘分，性情也不合。"

她挂断电话。

　　说罢，她也不理月黑不黑，风高不高，跳上床，昏睡过去。

　　半夜醒来，觉得浑身腻乎乎的，才发觉南国之夏已经来临。

　　少女时精力充沛，至爱在深夜偕友人在这种天气散步，坐在粤人俗称鸡蛋花的树下，听那淡黄色喇叭形半开花朵吧嗒吧嗒地跌落地上。

　　不要再想过去的事了，常春。

　　明天要同两个孩子去选购夏季衣裳。

　　许多母亲喜欢带着孩子到服装店试穿衣服，常春坚不赞成。

　　这还了得，自六七岁始就对牢镜子照照照，什么志气都照光，怕只怕到了三四十岁，除了照镜子本领，什么都不懂。

　　一向都是她买什么，琪琪穿什么。

　　常春为女儿选购的衣服，以大方为主，童装设计也有极花哨极妖冶的，小裙子上钉七只蝴蝶结之类，常春统统摇头。

　　中午她到熟悉的店铺去买衣服。

　　店员知她口味，笑道："那一堆太漂亮，常小姐你不会喜欢，我替你挑了好些白色线衫出来。还有，有双深蓝帆布鞋也合你意。"

　　付账的时候，简直不相信两个孩子一季衣裳要这种价钱。

　　常春惆怅地说："这么贵……"

　　"不贵了，常小姐，隔壁一件童装是我们半个月薪水呢。"

　　"有人买吗？"

　　"怎么没有，一捆一捆抬回家。"

　　常春叹息，为什么至今还有人说钱没用钱不好，嗄，为什么？

　　就在这时，一个人影闪进来。

　　店员连忙迎上去，"冯小姐，你来了。"

　　当然，冯季渝也是这爿童装店的常客。

　　都自称小姐，都有孩子，这是什么世界？

　　冯季渝今天正式穿上松身衣服，头发往后拢，堪称最美丽孕妇之一。

　　常春朝她笑笑。

　　店员乐了，"两位是认识的？好极了，难怪你们不约而同给女儿穿蓝同白。"

　　常春轻轻说："其实我不是不喜欢粉红色。"

　　冯季渝也微笑，"那是英国皇太后穿的颜色，我们哪有资格那般与世无争。"

　　忽然合拍了。

　　一定是朱女士通风报信儿，解开冯季渝心头之结。

　　常春看看腕表，见时间未到，便选了三数件婴儿服，叫店员包起来。

　　又犹疑了，此时送礼，适不适合？

　　店员知情识趣，"是送给冯小姐的吧？"

常春轻轻点点头。

冯季渝马上接过，"啊，谢谢，谢谢。"

常春这才发觉，她是多么寂寞，以及多么希祈有人关怀。

世俗眼光不接受她吧，常春是过来人。

常春不想霎时间与她混熟，朝她点点头便离去。

傍晚琪琪发牢骚："我的同学李小丽有件花衬衫，领子背后有条绳辫，辫尾还有一只花边蝴蝶结。"

常春不出声，只是喝咖啡。

"我为什么次次只穿白衬衣？"

常春看着女儿，忽然很刻薄地说："因为我家不是马戏班。"

琪琪立刻知道妈妈不满意，撇撇嘴，走开。

安康过来请教功课，看母亲一眼，问："会不会对琪琪太苛刻？"

常春瞪儿子一眼，"此时放松，将来就来不及了。"

门铃一响，有人送鲜花糖果上来。

常春一看便知道是冯季渝回礼来了。

安康不知缘由，问："妈妈有人追求你？"

常春讪笑他："将来你追求女孩子才用鲜花糖果好了。"

现在外头那班出来泡的男生不知多精明，哪里肯花这种冤枉钱。

"妈妈你没人追?"

常春摊摊手,耸耸肩,坦白承认,"无一人。"

"那么,"安康问,"你会不会觉得寂寞?"

"现在不,"常春坦白地说,"现在忙得连叹息的时间也没有。将来吧,将来也许会,等你们长大,离我而去之际,我也许会觉得寂寞。"

"我们永远不会离开你。"安康肯定地说。

这真是常春所听过最动听的谎言,而且小小安康并不知道他此刻是在打诳语。

常春握住他的手,将来这只手也许不会那么容易握得到,"不要紧,妈妈年纪大了,还可以回到校园去,妈妈一直向往有个博士头衔。"

安康皱上眉头,他不止一次听到大人说要重返校园,他虽不至于讨厌上学,却也觉得成年人匪夷所思。

他想速速长大,脱下校服,穿上西装,分担母亲的忧虑,照顾妹妹。

那日在教堂见过的小女孩,他约莫了解到她是什么人,如果她是琪琪的妹妹,那么,也即是他的妹妹,将来,假使董阿姨同他父亲结婚,董阿姨生的混血儿白白,也是他的妹妹。

他是大哥哥。

安康乐意扮演这样的角色。

他伸手摸摸母亲的鬓角。

常春警惕，这一把青丝终有一日会转白。

人类的命运真堪悲。

安康看到妈妈眼内悲怆的神色，知道妈妈怕老。

他说："别担心，妈妈你还年轻。"

常春拍拍他屁股，笑道："谈话结束。"

她回到卧室，摊开日报副刊，每天要忙到晚上才能读早报，这算是什么生涯？

简直是狗一般的日子。

常春喜欢读副刊上专栏，天天追，同那些大大小小作家们混得烂熟，他们做过些什么，人生观如何，她全一清二楚。有一位作者最近荣升人父，笔调忽而悲天悯人，另一位失恋，整个天空变为灰暗……

许多是老生常谈，不过不要紧，读者们日常生活又何尝不是时弹旧调。

可是正当享受时，琪琪进来抢夺她手中报纸。

常春并没有拨开女儿的手。

她很看得开，如常夏说："现在孩子要你陪，便尽情纠缠，过些日子，没处找他们的影子。"

"一个旅行去、找伴去、跳舞去，叫他们在父母身边，也不能够。"

常春自副刊世界里走出来。

抱着琪琪，一同入睡。

半夜，琪琪手臂"咚"的一声甩在妈妈胸前。

常春睁开眼睛，在幽暗光线底下看到琪琪完美纯洁的小面孔，感慨万千。

曾经一度，她常春也是这样一个小宝贝。

天刚亮，逼人的生活已经开始。

厨房的抽油烟机有待修理，大门外一盏灯泡坏了多时，琪琪校服上校徽要钉上去……

家务助理讲明只是助理，主力还是常春这个一家之主。

回到店时，打开门，坐下，心惊肉跳地等助手来上班，常春永恒的恐惧不是生老病死，而是店员去如黄鹤。

远处一位女生走过来，常春隔着玻璃松口气，可是跟着一看，精神又吊起来，不对，这不是她的伙计。

这是朱律师。

常春大奇，"你来干什么？"她拉开店门。

朱智良看着常春，简直不知道如何开口。

"有什么不对？"

"让我们先坐下来。"

她坐了很久，顺手取过一件水晶摆设把玩，半晌才说："昨日下午，已经六点钟，律师行职员都快走光了。"

常春笑。

这像一篇短篇奇情小说的开头，她给她接上去："忽然一个英俊神秘的男子轻轻走进来，递上一束紫色毋忘我——"

常春这时接触到朱智良犀利的目光。

朱女喝道："你听我说完就不会这般开心了。"

"究竟是什么事?"

常春看看表，少女店员还没有出现。

朱女讲下去："有人推开门，进来，找朱智良。"

朱智良一看，来客是个年轻女子，面熟不知在何处见过。

朱女的目光何等锐利，上下左右三秒钟的审视，就已经把她的身份判出高下。

少女身上秀丽名贵穿戴非她自己的能力办得到，一定是靠父荫，换句话说，这是位千金小姐。

她来找朱律师有何因由?

少女忧郁地说："朱律师，我叫宋小钰。"

朱智良招呼她坐。

"刘关张律师行荐我来此。"

"啊，是什么事呢?"

宋小钰打开手提包，取出一纸文件，递给朱律师。

朱智良摊开来，一看，猛然抬起头来。

"什么?"她大惊失色。

宋小钰低声说："这是刘关张律师处订立的合法遗嘱。"

朱智良提高声音，"你是张家骏什么人?"

听到此处，常春亦变色，"这个女子是谁?"

那少女看着朱律师，答："我是张家骏的未婚妻。"

未婚妻?

未婚妻!

常春听得眼珠子要掉出来。

常春惊问："遗嘱上讲什么?"

遗嘱上这样简单地写：我，张家骏，仅将我全部财业，包括位于落阳道七号两座十二楼的公寓，以及加拿大道明银行定期存款加币十五万元，以及汇丰银行保险箱七七四一号内所有物品，均交给宋小钰女士。

常春一听，气得肺都险些儿炸开来。

什么，天下有这样的男人，放着两个亲生女儿不顾，竟把他仅有产业交在一个陌生女子手中。

朱智良说："史必灵，你先喝杯水定定神。"

常春咬牙切齿，半晌出不了声。

过了像有一个世纪，有人递给她一杯开水一颗镇痛剂，原来店员已经上班了。

常春低下头，终于说："我的女儿，我会照顾。"

朱女说："张家骏那厮，该张遗嘱完全合法，但是官司还是可以打——"

常春讪笑，"为着落阳道一座千尺公寓以及十五万加币? 我常春随时拿得出来，为着一口气，我还不如把它留着暖暖胸口。朱律师，做人靠自己争气，我若背不起生活包袱，我就不敢活着。"

朱女听罢，鼓起掌来。

那少女店员却怔怔落下泪来。

常春忽然替别人担心，"你去见过冯季渝没有？她好像比较在乎。"

"我不知如何向她开口，她对于这份遗产比较执著，她恐怕不会放手。"

"冯女士经济情况如何？"

"她像城内所有时髦男女一样，月月清，且还欠下信用卡不少。"

"可是她有份年薪百万的优差。"

朱律师"嗤"的一声笑，"哪有那么多，你以为你做老板，人人拿一百万？"

"那也总有五六十万，够用了吧，不算是穷人了吧？我还没有这样的进账呢，只不过我懂得克勤克俭。"

"我会去了解她的情况，不过她最近身体欠佳，意欲停薪留职。"

"我不信她没有储蓄。"

朱女看着常春，"史必灵，你才是城内惟一有储蓄的怪人。"

常春又一次骇笑。

朱律师预言，"这件事不会那么容易摆得平。"

她俩对冯季渝的脾气有点了解。

朱智良说："你听过英女皇伊利莎白一世的故事吧，她娘安褒莲女士宁可抛头颅也要维护女儿的权益。我猜想冯季渝也有这种血液。"

"小心她一怒之下动了胎气。"

过了两天，常春就发觉她长着一张乌鸦嘴。

朱智良律师通知常春，冯季渝进医院了。

"你理应去瞧瞧她。"

常春为难，一方面又担心，"她情况不严重吧？"

"你去问她不就知道了。"

常春咬一咬牙，去就去，就当做一个女人去看另外一个女人。

绝不能空手去，常春令家务助理炖了一罐子清鸡汤，另外买了一盒精致的糕点，带着上医院。

冯季渝躺在头等病房里，左腕吊着葡萄糖水，脸上抹掉脂粉，十分苍白，五官娟秀。

常春进去的时候她睡着了。

常春耐心地坐在一角等。

真的，一个女人为什么不能来探另外一个女人？

半晌，冯季渝动一动身子，仍没有醒。

常春是过来人，当然知道家中有一名两岁半幼儿的母亲大概只有进医院来才能好好睡一觉。

她不去叫她。

半晌，常春正在犹疑是否要等下去，病房门被推开，一名女佣抱着小瑜瑜进来探访妈妈。

奇就奇在常春一见这个小儿，就像看到琪琪一样，因她俩长得实在太像了。

冯季渝听见女儿的叫声真的灵魂就算归了天也得再到人世间来转一个圈，睁眼道："囡囡来了？"

女佣趋向前，"在家不住叫妈，哭闹不止。"

冯季渝叹口气，"妈妈在这里，妈妈余生陪伴你。"肉麻口吻，同所有母亲如出一辙。

她忽然看见了常春，一怔。

常春大方地说："我替你带了食物来，趁新鲜吃点。"

趁势把孩子抱手中，拣一块蛋糕给她，慢慢侍候她吃，一眼看便知是个有经验的保姆。

冯季渝呆呆地看着常春，不知是感触是感激，一下子落下泪来。

常春问："身子无大碍吧？"

冯女答："已经没事，过两日可出院。"

"总要自家当心，莫叫娘家的人担心。"

谁知冯季渝淡淡说："我没有娘家。"

没有人会没有娘家，谈不拢是真。

常春替怀中幼儿抹干净小嘴同小手。

冯季渝忽然说："你记得那日的追思礼拜吧？"

常春点点头，没齿难忘。

"我一直以为你是幕后主持人。"

"不，不是我，"常春诧异，"我以为是你。"

"也不是我，是那位宋小钰小姐。"

啊，原来如此。

"最终在伊利莎白皇后轮上陪伴张家骏的，便是这位宋小钰。"

不出奇，像张家骏那样的人，怎么会甘于寂寞。

冯季渝说："我会据理力争的。"

常春缓缓地说："这种事，进行起来，历时一两载不稀奇，目前，要是有什么不方便，不妨商量商量。"

这番话不是没有技巧可以说得出来。首先，常春并没有提及遗产二字，再者，她也不假设冯季渝会有困难，最后，她愿意与她商量。

冯季渝又一次觉得常春真令人舒服。

这种素质在今日哪里看得到。如今世人以令人难堪尴尬为己任，谁让谁下不了台还洋洋得意，夸夸而谈，常春这样的人怕已经绝种了。

冯季渝低声说："谢谢你。"

常春知道冯这类都会女性，吃惯穿惯，什么都要最好的，事事讲格调，讲究品味，自一支红酒到一副耳环，都不惜代价，一掷千金，但求出众。

又特别重视虚名儿，被人赞一两句便乐极忘形，交心交肺，在所不计，像这一次，着了张家骏的道儿，她又会誓不罢休。

太会意气用事了。

偏偏身子又吃不消，到头来害惨了自己。

常春知道她也许入不敷出。

但是接济冯季渝可不是易事。

不过也不必太过担心，冯季渝即将再婚，那位男性知己，应在经济上做出若干贡献。

说到曹操，曹操便到，那位西装笔挺的男士翩然驾到，常春这次近距离看清楚了他，倒抽一口冷气。

他比冯季渝还年轻，大概只有二十七八，外表修饰得无懈可击，一天大概起码要花三两小时沐浴更衣。如此男伴，跳起华尔兹来，一定曼妙，可是冯季渝此刻需要的，是生活战场上的伙伴，同这个家伙在一起，无异多一重负累。

除了背小女儿，还得拖住该名小生，第二个孩子又快要出生了。

常春第一次看到比常春更不会处理生活的人。

不由得叹息。

常春站起来，"我先走一步。"

冯季渝连忙说："谢谢你来。"

那小小的瑜瑜也跟着说："谢谢你来。"

常春忍不住重重吻了她的小手一下，"公主陛下，不必客气。"

小手结实肥胖，吻下去很有滋味。

常春在那小儿满足的咕咕笑声中离去。

没有他们，世界活该沉沦。

同朱智良喝下午茶。

朱女说:"你看到冯季渝的情形了,什么都要一流一级,她又有一等一花钱本事,但是收入九流。"

"凭良心,收入也不算坏了。"

"本来还以为那男友可以帮到她。"

"朱女士,难怪到今日你仍然小姑独处。"

朱律师也笑,"我天真得可耻是不是?"

常春答:"男人一个,还专等占女人的光呢。"

世风日下了,从前男人即使不济,也还维持着强烈自尊心,红颜知己想帮他,还得暗地里行事,不能叫他知道,免他尴尬。

现在也不讲这一套了,就差没明码实价开出条件来,一人一分是天公地道,女方如果能干好强,那么,就让她出钱出力出命好了。

不但房子叫她买,孩子叫她生,灯泡也叫她换。

他愿意太太平平服服帖帖接受上述恩惠,信不信由你,还算是女方福气。

"不过,冯季渝会有办法。"

常春微笑,"当然,我相信社会福利署接济的绝对是另外一批人。"

朱智良侧着头,百思不得其解地说:"从前是有男人的,他们现在哪里去了?"

常春拍拍朱女肩膀,"他们仍蹲在那里,不过,现在你长得至高至大，现在的你已看不见个子渺小的他们了。"

朱女恻然，不知是可怜男人，还是可怜女人。

她们沉默一会儿。

过一刻，常春问："你不打算介绍宋小钰给我认识？"

朱律师张大了嘴，"谁？"

常春说："你不是一直努力拉拢张家骏生前的女人吗？"

朱律师没好气，"走，走走走走走，孩子们在叫妈妈呢。"

那天晚上，常春同子女商量一件事。

"妈妈想放假。"

安康毫不犹疑地说："刚才你不是已经喝过下午茶了吗？"

"不，"常春解释，"妈妈需要较长的假期。"

安康立刻皱上眉头，像那种坏脾气的老板，一副不自在。

小琪试探问："什么样的假期，像菲律宾人那样，一星期放一天？"

安康阻止妹妹发言，"让我来，琪琪，你别出声，"他同母亲说，"妈妈是天职，哪里有假期？"

常春凝视他，这小子将来一定是谈判高手。

"一个月一天。"常春让步。

"不行！"安康一口拒绝，"一生也不能有一天假,我们需要你。"

"但是妈妈疲倦。"

"十点半再开店门好了,天天多睡一小时。"

"那是妈妈的生意。"

安康狡猾地笑,"我们是妈妈的宝贝。"

常春突然大笑。

琪琪跳到母亲怀中,"妈妈,告诉我,我比花百姿复活蛋还要名贵。"

常春只得说:"琪琪是妈妈的宝贝蛋,宝贵过沙皇的花百姿蛋。"

安康笑,"妈妈的词儿最新鲜。"

真的,常春洋洋得意,不是每个母亲想得出的。

安康同母亲说:"要放假,不如与我们一起,妈妈带我们到地中海去。"

"对了,地中海英文怎么拼?"他母亲问。

安康笑一笑,这还真的难不倒他,"MEDITER-RANEAN。"

将来,有一日,他也会拿这个字去考他的儿子,他儿子也许会同样地去考他的儿子。

那时,海枯石烂,常春这个人已不存在。

想到这里,常春的声音都柔了。

她同安康说:"去玩吧。"

第二天,店里进来一堆日本游客,叽叽喳喳,买个不停。

常春心想，做完这一笔生意，这个月可以休息。

忙着赔笑招呼、打折扣、写账单，十分忘我，不由出了一身汗。

电话铃响，都无暇接听，响了许久，常春才去把听筒拎来夹在下巴上。

"常春，我是冯季渝。"

"呵，我此刻正忙，送走客人再打给你好不好？"

"对不起对不起。"对方立刻识趣地挂线。

送走那些游客，已是半小时之后的事，常春与助手均松口气，相视而笑。

这样卑微的小事都能叫她们乐半天，做人要求低真有好处。

常春这才猛地想起她没有冯季渝的联络号码。

于是找朱智良提供消息。

朱智良答："她仍在医院。"

"还没有出院？"相当意外。

"血压陡然上升，有待观察。"

常春不语，那样的头等病房休养下去，费用非同小可。

"你与她谈谈吧。"

"什么事？你一定知道。"

"祸不单行，她的佣人下星期不做了。"

常春非常同情，"那么瑜瑜由谁看顾？"

朱女吞吞吐吐，"所以呀。"

常春灵光一现，忽然如醍醐灌顶，明白过来，冷笑一声，"又是你搞鬼！"

"史必灵，助人为快乐之本，人家是真正的孤儿寡妇。"

"我何尝不是孤儿寡妇，怎么不见你体谅我？"

"史必灵，施比受有福。"

常春烦腻地说："你们简直把我当瘟生。"

朱智良说："她真是一个亲人也无。"

"我不相信，朋友呢，你不是她的好朋友吗？"

"我独身，要上班。"

"我也是独身，我何尝不要上班。"

"可是你家里设备式式俱全，方便得很，不过加多一双筷子耳。"

"我后悔认识你这种人，专陷我于不义。"

常春"啪"一声挂了电话。

店员还没见过常小姐发那么大脾气，急急低头操作，不敢出声。

常春脸色由白转红，由红至青，如是变了数次，才渐渐恢复正常。

呵，涵养功夫已练至第九层了。

加一双筷子，这朱智良神经兮兮，根本从头到尾以为幼儿是只洋娃娃。

想都没想过奶瓶杯子统统要消毒，每天冲两次浴，抹七次嘴巴和手，换三套衣裳，吃四次糊糊果汁饼干。

加一双筷子!

醒之后要哄,睡之前也要哄,其余时间要不住娱乐她:听音乐、讲故事、抱抱、拍拍,这是一份全天候苦工,谁耐烦去担这种关系。

琪琪已经是个大孩子,常春当自己出头了,朱智良这个人匪夷所思,异想天开。

常春当然没有再复电话给朱智良或是冯季渝。

她憋着一肚子气回家。

是有这样的人的,事事拖一条尾巴,许多烦恼专等看不过眼的好心人来替他解决。

这冯季渝女士便是其中之一。

那夜,常春上床很早。

第一觉睡得非常好,一点知觉都没有,过了一点半,便听见幼儿啼哭声。

常春翻了一个身。

她最耐不住小儿伤心,谁,谁家的孩子?

康儿和琪儿幼时,她一听到他们啼哭即刻惊醒,那个时候,精神在戒备状态,听到隔壁人家婴儿哭声,甚至是小猫小狗呜咽,也误会是康儿与琪儿。

常春蒙眬间辗转反侧。

她经验丰富,知道幼儿哭声也分胡闹、撒娇及伤心,是,他们也懂得悲哀。

这个婴儿便哭得异常伤心失望。

哭声忽远忽近。

然后有一个细若游丝的声音钻入脑袋，同常春说：你真想知道是谁家的孩子？

常春不由自主地颔首。

声音又钻进她脑袋：你不认识那孩子？那是张家骏的幼儿张瑜瑜。

常春一听，"哇呀"一声，自梦中惊醒，一身冷汗。

啊，常春见死不救。

原来她是内疚的。

第二天一早，在早餐桌上，常春与孩子们开家庭会议。

琪琪对那小女孩印象深刻，这样回答母亲："我不介意她来暂住，也明白她会借用我的睡房与玩具。"

安康极之合作，"她可以与我同房，我睡得比较稳，她不会吵醒我，"他十分富有同情心，"她妈妈身体几时好转？"

家务助理则十分实际："太太，多一个小孩多三个人的工夫哩。"

"我会额外打赏你。"

"多谢太太你。"

那早，常春到医院去探访冯季渝。

这一次，冯女的情况比想像中差多了。

她像是哭过，双目红肿，没料到常春会来，蓬着头，嘴唇微微颤抖，说不出话。

常春轻轻说："我已在收拾房间，把琪琪从前用过的小床找出来，瑜瑜随时可以来住，只怕她认生，不过，三两天也就习惯了。"

冯季渝一听，眼泪簌簌落下。

"你好好休养，生活中一定有难关，不是不可以克服的。"

冯季渝仍不能启齿。

"佣人走了可以再找，我今天就去电介绍所，替你寻一个好的，待你出院，再接瑜瑜走不迟。"

才说到这里，朱律师来了。

她当着常春的面，把一张银行本票放在茶几上。

常春又说："你看，大家多么关心你。"

由头到尾，冯季渝没说过一句话，但是她的眼神渐渐恢复点光彩。

"我们先走一步。"

常春与朱智良一起离开医院。

朱律师握住常春的手，"谢谢你。"

常春先不语，过一会儿说："真没想到她会搞得那么窘。"

"所以说，健康最宝贵。"

"养好身体，生下孩子，又是一条好汉。"常春笑笑，"现代女性均是打不死的李逵。"

"我也对她有信心。"

"朱律师，我想见一见宋小钰女士。"

"这……"朱智良迟疑，"不大好吧？"

"已经到了摊牌的时候，听你说，宋女士家境良好，何必同两个孩子争有限的遗产？"

朱女想，呵，这个纯良的老式女子终于肯出头了。

她故意再迟疑一下。

常春板着脸，"我支费用给你好了。"

朱女连忙赔笑，"我肯挨义气。"常春白她一眼，"真不知你同张家骏是什么关系。"

朱女惆怅了。

什么关系？一言难尽。

每个人心底都有一段至深至黑的回忆，轻易不肯示人。

张家骏是朱智良大哥的要好同学，一直在朱家出入，她第一次见张家骏，才十一岁。

她一直都仰慕他。

人同人的缘分就是这么难讲。

常春看朱女的表情，已明白了三分，喃喃道："真不知道张家骏有什么好处。"

忽而想起她应当比谁都清楚，不由得窘得咳嗽数声。

张家骏的优点是尊重女性，从不与女人吵，无论对方多么无理取闹，他总肯忍让，老是说："女子要吃生育之苦，男人非迁就她们不可"，一直低声下气。

并且他慷慨。他没有钱，但是有多少掏多少出来，身外物即系身外物。

他又乐观。生活上出了纰漏，对他来说，都轻描淡写，笑嘻嘻一句："没关系，蚀了可以再赚，吃亏即是便宜。"统统无所谓。

他又懂得享乐，会吃会笑，跳得一身好舞。

想起来，真不复记忆，是如何与他分的手。

也许，是常春想他长大，而他不愿意。

这是常春的错，她如果希望嫁一个年少老成的人，就不该挑张家骏。

像他那样性格的人，分居后当然少不了异性伴侣，冯季渝与宋小钰，可能是冰山一角。

这年头有风度的男性实在如凤毛麟角，张家骏受欢迎，自有其因。

当下朱律师说："我替你安排。"

朱律师有的是办法。

朱女在处理这件大事的时候，常府可没闲着，那小宝宝搬来了。

没想到会那么简单，只一袋小小行李，打开一看，几件随身衣服。

常春问那菲律宾保姆："就这么多?"

那女佣狡狯地笑，"你们这里不是样样都有吗?"

说得也是，小毛巾小被单、小衣服小鞋子，还有各种毛毛玩具、音乐盒。

琪琪不久之前刚脱离幼儿阶段，剩余物质无数。

那小孩只带来一只洗得发白的兔子玩具。

琪琪说："妈，看它多可怜，兔子少了一只眼睛，替它钉上去吧。"

琪琪简直就把这个妹妹当做一只大洋娃娃。

常春问准了孩子的吃食习惯，便放那女佣走。

一看，那孩子已在小床内蜷缩着睡着，一只小手摸着头，另一只小手放嘴里啜。

幸亏不是亲生，幸亏稍迟可以还给人家。

瑜瑜是个被训练得十分乖的孩子，醒了，坐在床上默不作声，有人张望，她马上会笑，让她到地上，独个儿走来走去，累了坐窗边，像个大人似的眺望风景。

琪琪似她那般大时，顽皮似小魔鬼，难服侍，爱不住尖叫，需要全副精神应付，并且已学会自己选择衣服。

可见是环境造人。

晚饭有孩子们爱吃的肉丸，常春夹一个放瑜瑜小碗中，那幼女对常春笑，常春只觉心酸。

问她："你会自己坐厕所吗?"

她懂得点头。

冯季渝自医院来电问情况，千恩万谢，不住自责。常春一味安慰，电话忽然沉默，常春知道对方哭了，掩着话筒，不想人知道。

"心情这样坏，对孕妇无益。"常春这样忠告。

第二天，常春迟出门，因雇佣介绍所派了女佣来见工。

常春留下她实习一天。

公寓里忽然多了一大一小两个人，显得挤迫。

可是有了新鲜话题，三个大人两个大小孩一齐服侍小瑜，倒也不见得十分吃力。

朱智良来看过他们。

常春揶揄："唷，红十字会会长出巡视察来了。"朱智良觉得被她讽刺两句十分值得。

此时，琪琪正把妹妹抱在膝盖上坐着看电视上的动画片。

一式一样的小面孔，天使般笑脸。

朱智良斟了啤酒喝，踢掉高跟鞋，叹口气，"请看看张家骏君留下来的残局。"

常春不以为然，"明日永远是今日的残局，时间自然而然会收拾，不劳操心。"

朱智良说："我佩服你的勇气。"嘲弄气氛甚重。

常春看着她，"你的世界一丝不乱，你的计划已安排至二○○七年，你自由自在，轻松逍遥，但是，你未必比我快乐。"

朱智良唇边黏着甘苦不分的啤酒泡沫，一听这话，呆住了，细细回味，牵牵嘴角，不语。

常春说："有付出有收入才叫丰盛人生。"

过一会儿，朱女说："史必灵，你十分幸运。"

常春笑，"我连自叹不幸的时间都没有。"

"我同你则相反，每夜我都由三岁开始回忆自己一生。"朱智良苦笑。

常春打趣，"让我们一家搬到你家去住，包你百病消散。"

"什么，不是我搬到你们家来？"

打地铺都不够地方。

琪琪正替妹妹解画："看到没有，那是秋天了，树木的叶子在秋季转黄落到地上，不过到了春天，绿色新叶子又会重新长出来。"

朱智良注视小姐妹俩，目光渐渐变得温柔。

常春说："我俩的看法有所不同，没有孩子的人想，一天辛劳，回来还要让孩子纠缠，生不如死。可是有孩子的人却想，没有第二代的笑语声做伴，做得再辛苦也没有结果。"

朱智良放下啤酒杯子，叹口气，"可是做哪一类人，也不由我们做主吧，是命运之神控制的吧？"

朱女告辞。

常春送她到门口。

朱律师说："史必灵，我佩服你，没有实力，怎么能独立照顾三个孩子。"

常春微微笑，"哪里哪里。"

朱律师也笑，"荷包里存折里。"

朱智良是个聪明人，看出常春有点节蓄了，所以才能这样无所谓不计较，衣食足方能知荣辱。

该夜常府众人在九时三十分便熄灯睡觉。

早睡早起身体好。

一家子不知睡了多久，忽而被门铃惊醒。

安康自觉是屋内惟一男丁，有责任保护妇孺，听到门铃，马上去应。

女佣也惺忪地出来，"这么晚，是谁?"这一家子极少有客人上门。

常春也起床看个究竟。

打开大门，只见是一个妙龄女郎。

女仆马上说："小姐，你找错门了。"

安康问："你找谁?"

琪琪自母亲身后张望。

那女郎看见一屋黑压压人头，倒是吓了一跳，退后一步，"我找常春女士。"

常春讶异，"我正是，阁下哪一位?"

"我是宋小钰。"

常春"啊"一声，这才是真正的攻其不备。

安康见是女客找母亲，便放心退回睡房。

常春引宋小钰进屋。

两女几乎同一时间开口，一个说："这么晚呀"，另一个说："这么早睡"，然后齐尴尬地笑。

这时屋里最小的孩儿忽然哭泣，"妈妈，妈妈"，常春连忙将她抱在怀中，轻轻拍拍，"宝宝莫哭莫哭",手势熟练,宝刀未老。

给她喝两口水,幼儿重新熟睡,常春将她放回小床,转头招呼客人。

宋小钰连忙说:"我改天再来。"

"既然来了,就坐一会儿吧。"

客厅沙发上睡着新来的女佣,常春引宋小钰进睡房,有一个角落放着小小书桌,可以坐着聊几句。

"对不起,地方浅窄。"

宋小钰扬起眼睛,真没想到张家骏前妻会是这样贤良的一个家庭妇女。

只见常春女士大方豁达,不落俗套,刚接触,已看出她有过人之处。

常春也在打量宋小钰,只见年轻的她剑眉星目,白衣白裙,清秀脱俗。

常春见过她,她便是在张家骏追思礼拜中司琴的那个少女。常春常春,你实在太大意疏忽了。

两人坐下来,不知如何开口。

过一刻,常春说:"没想到朱律师这么快便与你联络上了。"

宋小钰欠欠身,"我们总要见面,我同朋友吃完晚饭,顺道来府上一转,没想到你们这么早休息。"

常春笑笑,"我是个乡下人。"

宋小钰不出声,越发觉得常女士不好应付。

她问："三个孩子，都是张家骏的？"

常春尽量轻描淡写，可是听上去还是非常滑稽："两个女孩是张家骏的女儿，不过小的非我所出，大男孩的父亲另有其人。"

一口气说完，真怕宋小钰会"嗤"一声笑出来，但是她没有，她一贯沉着，常春觉得皇恩浩荡。

宋小钰很快把孩子们的身份弄清楚："刚才那小囡囡，是冯女士的女儿吧。"

常春点点头。

宋小钰讶异，"没想到你们是好朋友。"

"不，我们并非熟人，"常春轻轻说，"但孩子们是姐妹。"

宋小钰颔首，"我明白。"

常春开门见山，"你不会与孩子们争产业吧。"

宋小钰一怔，脸上露出显著不悦的神色来，"你要同我商议的，竟是这个？"

"是，正是此事。"

"我并没动手争，一切由张家骏自愿奉献。"

不知是否在自己睡房里，抑或因为气在心头，常春老实不客气地说："张家骏头脑有点不大清爽。"

宋小钰立刻站起来，"时间晚了，我多多打扰，我们改天再谈这个问题。"

她要走，常春也不便拉住她，只得送她到门

口。宋小钰走到门口，才转过头来，"你不会违反张家骏的意愿吧。"

"张家骏的意愿是遗弃亲生骨肉？"

宋小钰说："常女士，你错把气全出在我身上了。"

真的，关键在张家骏这个浪荡子，与宋小钰无关。

常春是那种知错马上能改的人，立刻改变态度，"对不起，我反应过激。"

宋小钰也松弛下来，"是我不对，我不该在这个时候上门打扰，我亦最怕憩睡时被人吵醒。"

她走了。

常春关上门，发觉安康坐在沙发上。

常春觉得有必要交代，便说："我不是为自己，也不是为琪琪。"

安康懂事地说："我知道。"

"瑜瑜同她母亲需要一笔生活费用才能安顿下来。"

"我明白。"

"我们去睡吧。"

安康却说："妈妈，今夜你反正要失眠，我索性把这件事也告诉你算了。"

常春提心吊胆，"什么事？"

"爸爸要同董阿姨结婚了。"

"我听他说过。"

"婚期在下个月五号。"

这么快？常春茫然，都等不及了。

只有她，千年如一日，过着刻板忙碌的苦日子。

安康说下去："爸爸的意思是，让你带我同琪琪去参加婚礼。"

婚礼？两个人都儿孙满堂了，还要这样扰攘？真是人各有志，不可思议。

安康说："那是一个酒会，爸说会寄请帖来。"

儿子说得对，今夜肯定会是个失眠夜。

常春说："同你爸讲，不必劳师动众了，我会放你去观礼，因为你是他儿子，其余人等，同他没关系。"

安康大惑不解，"你同他也没有关系？"

常春笑笑，"这些年来，妈妈自食其力，同任何人没有关系。"

安康叹口气，"爸爸会失望的。"

"妈妈资质普通，人才并不出众，不知令多少人，包括你外公外婆，大失所望。"

语气这样讽刺，安康当然觉得，看了妈妈一眼。

"去睡吧。"常春还是那句话。

心里一直嘀咕，安福全这个老十三点，神经病，居然想她出席他的婚礼，吃撑了，要演闹剧给全世界亲友看？

最好把所有的孩子们统统聚集在一起做小傧相，以示人强马壮，场面宏大。

第二天早上，常春带着两个大黑眼圈去上班。

人类若把应付这种事宜的精力去办正经大事，一定国泰民安，且不日可征服宇宙。

难怪几乎所有独身女人在工作上都有成就。

礼品店时常有推销员找上门来，希望寄卖货品。

这天早上，来做自我推销的，是一个年轻人。

他自制银器首饰，式样精致，手工精美，常春十分喜爱，但生意归生意，年轻人要求一个柜台专门卖他的作品，那不可能。

常春说："我买下你的这批首饰吧。"

年轻人却婉拒，"常小姐，你误会了，我并非沿门兜售。"

常春没好气，"那你算是什么身份呢？"

"我在征求合伙人。"

"我凭什么要同你合伙？"常春不怒反笑。

"将来你会因我名利双收。"

常春不相信自己的耳朵。

年轻多好，这样大言不惭都可以过关，没有人敢同他们计较。

不过常春还是忍不住说："可惜我对名气同利钿要求全不高。"

"那么，"年轻人毫不在乎，"我找别人去。"他耸耸肩告辞。

常春笑了，"站住，给我回来。"

那年轻人也笑，"是，常小姐。"

"你说你叫什么名字？"

"我叫林海青，常小姐。"

"我愿意买下这批首饰。"

"不，常小姐，我同你拆账。"

"林海青，商场过去几间铺位便是皇家哥本哈根及乔杨臣银饰店，请问，你我如何同人家打？"

"各有各客路，不用打仗，大可和平共处。"

凭年轻人那副口才，还真不足以说服常春，可是也许因为常春也曾年轻过，而且，那时谁也不屑帮她的忙，所以，她现在愿意听林海青大放厥词。

终于她说："寄卖，四六拆账，你四我六。"

年轻人还想说什么，常春一扬手，"你去打听打听，我这铺位什么租金，不用多讲了，我时间宝贵。"

年轻人居然说："在人檐下过，焉得不低头？"

常春啼笑皆非，回他一句，"你知道就好。"

那年轻人留下电话号码走了。

常春顺手拿起一副滴水型耳环，戴上出去探冯季渝。

冯季渝气色有进步，常春很高兴，然后暗暗一惊：竟与这位女士培养出感情来了。

冯季渝亦称赞她："史必灵，你今日特别好

看。"

是因为什么道理?

"我明日可出院了。"

"女佣我已替你训练好。"

冯季渝问:"你时常这样帮人?"

"举手之劳。"

"瑜儿还听话吗?"

"她曾表示我们家甜品好吃。"

冯季渝安慰地笑,过一刻她说:"我常希望有一个你那样的姐姐。"

常春不语。

"不过,试想想,谁会要我这样的妹妹?"

常春只得说:"你有什么不好,别多心。"

冯季渝看着她,"我知道,是新耳环令你女性化。"

常春脱下它们,"送给你,庆祝你出院。"

冯季渝握住常春的手,不知怎的,常春竟没挣脱。

她愿意伸出这双手拉冯季渝一把。

不为什么,因为她也是女人,她知道她的苦处。

冯季渝轻轻说:"我打算同他分手。"

常春说:"匆忙间匆做重大决定,给他一点时间,也给自己一点时间。"

没想到琪琪不舍得妹妹回家,痛哭起来。

常春有一个弱点，她最看不得幼儿哭，一时又无解决办法，便气曰："你同妹妹一起过去住吧。"

谁知琪琪竟说好。

女佣推波助澜，"住三五天无所谓是不是?"

常春这才想到，女儿终有一天会长大会离开妈妈。

于是她说："不行，十八岁之前不准外宿。"留得一天是一天。

但是她亲自开车送瑜儿返家。

朱智良则负责接冯季渝出院。

真没想到那样一个时代女性对故人会那么情深义长。

朱智良解释："我当张家骏如大哥一样。"

两女陪冯季渝说一阵子话，便告辞出去吃杯茶。

朱智良化妆亮丽，衣着高贵，常春不由叹息一个人有一个人好。

朱智良自然会一辈子美下去，所有不必为幼儿找学校、看儿科，半夜爬起身来拍拍抱抱的女子都可以美到底。

但是，没有人会叫她们妈妈，真是，有什么是不必付出代价的呢?

这时朱智良瞪着她，"你干吗笑得那么鬼祟?"

常春连忙摸摸嘴角，"我哪里有笑?"

"你明明在笑我。"

"朱女，别胡搞，我怎么敢笑你？"

"你笑我到老孤苦无依，一个人住大屋坐大车亦不觉开心。"

常春笑，"我们调换身份如何，你把屋子车子让给我，我保证快活一如克里奥帕特拉女皇。"

"听听这风凉话！"

"我还得为孩子们的大学学费踌躇呢。你看安康，虽是个鬼灵精，可是心不在功课，将来最多读一个管理科硕士，好了。你算算，六年学费食宿是多少美金。最讽刺的是，大学生多如狗毛，起薪只比家务助理高一点点。"

"废话。"

"我想说的是，从前的父母根本不了解带孩子的真谛，眼光放得太远，老是展望将来，错错错，养孩子最大享受是现在目前此刻。趁他要抱，赶紧抱抱他，幸亏母亲还做得到，皆大欢喜。将来？说不定他的要求至高至远，大家都会失望。"

"我真羡慕你同冯季渝，什么都把孩子扯出来做挡箭牌。"

常春沉默一会儿，才说："冯女也很勇于承担。"

"告诉我，那勇气从何而来？"

常春狡狯地笑，"正如我们不懂一个文弱秀丽的女子如何读得法科博士头衔，你也不会知道我们怎样一手可以抱起十一公斤重的幼儿。"

冯季渝安顿下来。

她没有闲着，都会求才若渴，广告公司把工作送到她家中做，按件收费。

被需要是一种上佳感觉。

渐渐别的公司闻讯，亦做出同样要求。冯季渝告诉常春，要是认真一点，收入不比从前差。有几位移了民的广告业人士，靠一部传真机在地球另一头赚这边的钱，公司也包涵，何况是冯季渝这种情形。

此刻，她有更多时间同孩子们相处，自从息业在家，瑜瑜睡得好也吃得好，她这才发觉，原来瑜瑜并不太喜欢保姆。

冯女说："最实际的是省下一笔置装费，三年下来可以买一幢公寓。"

只要扶一把，她又站起来了。

她戴着常春送的银耳环，精神相当好。

常春问："那位先生呢？"

"他？"冯季渝若无其事地说，"他见我渡过难关，很放心，又不怕与我接近了。"

常春默然。

"不过婚事已经告吹。"

常春只是很含糊地说："有些人的确不适合结婚。"

冯季渝这才说："回想起来，张家骏待我不错。"

张某的伎俩，常春当然知道。

"我们在酒店套房住了两个月，"冯季渝就是这点好，什么都可以讲出来，"他天天订鲜花香槟，傍晚偕我在海滨散步……"声音渐渐低下去。

常春又客观地说："温哥华真是个美丽的城市。"

这次连常春都佩服起自己来，这样有讲话天才的人简直可以去当政治家。

在冯季渝的公寓坐久了，常春发现有许多摆设来自她的精品店，有几件比较大的水晶摆件已经崩了角，怕是小瑜瑜摔的，要不，就是粗心的女佣。

张家骏是个妙人，把前妻店里的东西挪来摆后妻家中，下意识叫她们有点牵连。

他成功了。

冯季渝问："那宋小钰，是否是一个厉害角色?"

常春答："有待了解。"

冯女忽然把常春当做大姐，"交给你办了。"

每个月的一号，都是常春常夏两姐妹聚头的日子，这次，她俩约在朱智良写字楼会面。

常夏经济实惠地说："公寓要是能在此刻出手就好了，多卖三分之一价钱。"

常春唯唯诺诺。

常夏说："怕只怕差那么一点点，屋价又落下去。"

差一点点？常春不怕，常春有的是失之交臂的
经验，她从来不知什么叫一帆风顺，无论做什么，
她总得比别人多下三倍四倍工夫。

差一点点就找到份有退休金有宿舍的好差使。

差一点点就与张家骏白头偕老。

差一点点就开了分店。

差一点点就在铺位最低价入了货。

她是差一点女士，一个不懂得计算的笨女人。

说也奇怪，上天也还待她不薄，生活上一件不
缺，既然如此，常春也乐得笨下去，一成不变。

当下她对妹妹说："一个人穿多少吃多少是注
定的。"

"依你说，都不必钻营了。"

"削尖了头皮去钻，同注定那份，也不曾有超
过百分之十至十五的差异。"

常夏笑道，"姐，我不知你懂算术。"

这时，朱智良推开办公室门出来，"叫两位久
候了。"

无巧不成书，有人推门进来，大家抬头一看，
那白衣女郎正是宋小钰。

宋小钰一怔，"朱律师，对不起我没有预约。"

大家互相看着，八只眼珠子对着。

过一刻朱智良说："请坐，我叫人倒茶来。"

宋小钰打量常氏姐妹，误会了，"这一位，是
冯女士？"

常夏冷笑一声，"这位小姐真可爱，以为天下女性都同张家骏有华洋纠葛。"

宋小钰立刻噤声，她不想吃眼前亏，有些女人一过三十便专门往牙尖嘴利方向发展，她自感应付不了。

常春连忙息事宁人，"这是舍妹。"

宋小钰站起来，"我改天再来。"

次次都出现得不是时候。

朱律师叫住她，"你找我有事？"

宋小钰看看常春，"我想托朱律师邀请常女士到舍下小坐。"

常夏笑，"相请不如偶遇，现在大家都有空儿，不如一起出发。"

常春为难，"可是我答应今日把孩子们接出来到植物公园逛。"

谁知宋小钰一口应允，"我绝对欢迎孩子。"

常夏立刻狰狞地笑。

一共四个孩子。

安康、白白、琪琪以及瑜瑜。

有一只大旅行袋，载他们日常用品，橡皮胶布、矿泉水、毛巾、饼干，样样都有。

宋小钰不是后悔，而是诧异。

孩子们长得都有点相似，浩浩荡荡坐在车子后座，出发到宋宅去。

由宋家司机带路，香岛道风景优美，一路上常夏嘀咕:"张家骏有办法。"

常春完全赞同。

常夏又说:"宋小姐身上那套白色针织服的确把她衬得更温文,像她那样的女子,平日光司吃喝玩乐打扮就是,她有无职业身份?"

"听朱律师讲,她是艺术家。"

"很适合,很会做。"

"到了,人家迎上来了,别多话。"

宋小钰用力抱起最小的瑜瑜,小孩双脚一撑,乳白外套上便是两个脚印。

而且瑜瑜也不轻,她抱不动,走两步,不得不将她放下。

宋小钰独自一个人住在一间白色小洋房内。

三个女孩一见那张白色大而软的皮沙发,便欢呼着奔过去跳到上面,安康在旁劝道:"静一点,斯文一点。"

宋小钰微笑,吩咐佣人在后园摆出茶点。

孩子们又涌到后园玩耍。

短短一小时内,有人倒翻饮料,有人摔跤,有人被蚂蚁咬,有人被玫瑰棘刺伤……只见常春手与嘴都不停,手照顾,嘴安慰,而那只旅行袋如百宝魔术箱一般,要什么有什么,药膏湿毛巾等取之不尽。

宋小钰沉默地在一旁看常春照顾孩子们,真正光是看都越来越累,不知她如何独自应付了这些年。

只有另外一种人会那么忙，那是黑市工厂工人，一天工作十二小时，不停地操作，或车衣或打扫或做厨房，人如飞蛾，无休止扑来扑去。

可是常春表情很愉快，似习以为常。

她知道宋小钰在想些什么。

于是轻轻说："孩子们已经算乖了。"

宋小钰低声问："要很爱一个人，才会为他生孩子吧?"

常春讶异，"不，要很爱孩子，才会生孩子，我从来不为别人生孩子，我只为自己生孩子。"

宋小钰这才发觉这个千依百顺的母亲其实是个大女人。

常春笑问："今天只是纯吃茶?"

"是，我想认识你们，"她解释，"认识你们，等于多认识张家骏。"

常春很客气地说："可是，我们是我们，你是你，我不认为你身上有张家骏的影子。"

宋小钰看着常春，黯然说："听你的话，便知道你们之间已经结束。"

常春微笑，"完了很久了。"

宋小钰说："我永远感激他使我快乐。"

常春说："但那是要付出代价的。"

这个时候，常夏在那边喊："孩子们累了，该告辞了。"

常春于是站起来告辞。

把孩子们一个个送进车子后座。

宋小钰大惑不解地问：“这么脏，一头一脸汗与果酱以及其他，怎么洗？”

常春有心同她开玩笑，“用消防喉冲射。”

其实也差不多，女孩子们脱光了齐齐站在浴缸中擦了肥皂用莲蓬冲洗，然后逐个擦干，事后脏衣服同毛巾要开两次洗衣机才能处理妥当。

孩子们在回程中已纷纷睡着。

安康除外，他嚼着口香糖静静地听妈妈与阿姨交谈。

“宋小钰好像不是真人。”

常春笑笑，“与我们不同也不见得就是假人。”

“有很多事她都好像不明白。”

常春又笑，“能够同张家骏在一起，多少有点臭味相投，也不会太天真。”

“老张是怎么认识她的？”

“一个舞会，咖啡座中的邂逅，雨中偶遇，刻意追求，谁理这些？”

“此刻让你认识张家骏，会不会有同样的结果？”

常夏以为答案一定是不，却不料常春说：“你不觉得一切都是注定的？”

常夏发觉姐姐已成为宿命论者。

当下姐姐问妹妹，“挂住宝宝吧？”所以她先嚷走。

常夏笑着承认："牵肠挂肚。"

常春逐个把孩子们送回去。

回到家里，由女佣替琪琪清洁，常春躺在沙发上看晚报。

不知是哪位太太，同丈夫说："移民，没问题，一定要在那边用个佣人，"思想搞得极通，不然的话，就情愿不去。

放下晚报，看到茶几上有一只厚厚的牛皮纸信封，收件人是常春女士，她把它拿在手中，问家务助理："几时送来的?"

"中午。"

信封上贴着漂亮的日本国邮票。

寄件日期是三星期之前。

常春心中觉得异样，把信封拆开，里边是一小卷录音带和一封信。

她连忙摊开那封信。

"常春，近日来我异常挂念你同琪琪——"

天，她连忙抢看签名，果然，果然是张家骏来函，可能是寄错海邮，所以迟至今日才到。

"……不知怎的，有种感觉，像是以后我们不能再见面似的，"信用英文写，十分流利，"心血来潮，故此同你们说几句话，家骏字。"

他有预感。

常春手边并没有录音机，半响，才到琪琪房去取她用来听儿童故事的录音机。

常春非常平静。

"常春，琪琪，你们好，该怎么说呢，对，我此刻置身伊利莎白皇后轮上，船泊在横滨，记得常春说过，最希望有一日可以永久住在'伊轮'上，再也不上岸。常春，我恐怕不是标准丈夫，亦非及格父亲，我的任性自私肯定招致你们不安，但常春你一直忠恕大方地包涵了我。常春，我一直都不曾与你提起，我另外有个女儿，比琪琪小四岁，乞求你照顾，她母亲为人天真可爱，但不切实际，她恐怕要吃苦。我把我仅有的遗产交给她们姐妹平分，在她们成年之前，由你做监护人。"说到这里，停了一停。

"我爱你们每一个人，"叹一口气，"我应当做得更好，但是我没有，我的时间与爱心都不够，请你们原谅。这是张家骏，某年某月某日晚上七时三十分。"

录音带至此终止。

"那是谁？"

原来安康一直站在母亲身后。

"那不是琪琪父亲张家骏的声音吗？"他问。

常春把儿子搂在怀中，"是，那正是他。"

"那么，录音带是他最后遗言？"

常春答："完全正确。"

"原来他没有忘记琪琪与瑜瑜。"

"是，他没有。"

"那多好。"

常春答："是，这对琪琪将来的自信很有帮助。"

"我们现在该怎么做？"安康问。

"我们先与朱智良律师接头，如果她不予受理，我们找别的律师。"

朱律师马上赶到。

她反复地把录音带听了数遍，喃喃说："这厮有第六灵感。"

"该卷录音带可否作为呈堂证供？"

朱智良抬起头来，"我替你们安排私下和解。"

常春摇摇头，"你听到张家骏的话，他指明财产由两名女儿对分。"

"三份。"

常春还是摇头。

"五份，"朱律师说："五个女人，一人一份。"

"两份，张琪和张瑜一人一份。"

"宋小钰不会甘心。"

"我不关心她的心情。"

"常春，实际一点。"

"是法官，你会为他的弱女还是为他的情人？"

"常女士，这种案子上庭排期往往超过三年。"

"不要紧，孩子们还小，而我，闲着也是闲着。"

朱智良怒斥道："无知妇孺，拖上那么一段时日，分得的遗产还不够付律师费，结果白便宜了朱智良以及刘关张。"

这倒是真的。

常春让步，"依你说呢？"

"我自去与宋小钰商议。"

常春只得叹口气。

"宋小钰也是个合理的成年人，大家慢慢谈。"

"她是个成年人吗，象牙塔里有成年人吗？"

象牙塔主人在一间私人会所举行画展。

常春知道她画的是什么画，一定是抽象派，颜色分奶油、灰棕、紫蓝、乳白……且必然有许多欣赏者一早订购，那些自然是她的父兄叔伯辈。

长辈们也不会花冤枉钱，那些画用来装饰公寓，再好不过。

那个下午，常春借朱智良一到会场，朱女便说："那边有个年轻男人同你挤眉弄眼。"

律师们说话，有时候真难听。

常春抬起眼，看到林海青在那边看牢她微微笑。

不知怎的，她有点高兴。

一径朝海青走去。

海青心情也好，立刻说："你戴着我设计的银项圈。"

常春答："为了那六成利钿，只得替你做生招牌。"

"效果如何?"

"正想催你交货。"

林海青笑了。

此情此景,一一落在朱智良眼中。

在不相干人眼中,也就是一对男女在眉来眼去兜搭调情。

常春也讶异了。

她一向不是轻骨头女性,不知怎的,今日见了这小伙子,就忍不住想说几句俏皮话。

她要硬生生把自己的风趣按捺下去,咳嗽一声,走到另一角落。

画展中只有二三十张画,多数已被人欣赏去了,贴着小小红色标签,那意思是已为人买下,真是现实,光是欣赏有个鬼用,非掏荷包才表示诚意。

画的内容质素都乏善足陈。

画的女主人却真是访问好素材,神情忧郁而优雅,任何角度都拍得到漂亮的人像照片,而在报章杂志上,一张好照片抵得上三千字。

朱智良同常春过去与女主人打招呼。

宋小钰与她握手,致谢,"花篮真漂亮。"

常春可没送过花篮,想必是朱智良自作主张。

宋小钰笑说:"不过,今日不谈正经事。"

常春一愣,也微笑,"那么,就谈谈这个画展吧。"

朱智良连忙用手肘推一推常春。

宋小钰终于忍不住说:"你同冯女士都已经找到异性朋友了,多好,绝不浪费时间。"好像替张家骏不值。

常春并不解释她同林海青的关系,那纯粹是她自家的事,她只是说:"离婚已经三年,如有可能,也得为自己打算。"

宋小钰第一次听到这五个字:为自己打算。她从来毋须这样做,父母在她没有出生之前已为她做好生活中一切安排。对别人来说,为自己打算是一种智慧,对她来说,却是种极自私的行为。

宋小钰还来不及做出反应,常春已经说:"孩子们却不懂生计,大人非得为他们着想不可。"

朱智良连忙说:"那边那个不是作家洪霓吗,来来来,我介绍给你认识。"

说着一把将常春扯开。

朱智良一直把她拉出会场。

一直嗔怪:"常女士,我不知道今日你原来心情欠佳,想出来吵架。"

常春答:"今日我的确睡歪了颈筋。"

"忍一时之气,退一步想,天高地阔。"朱律师劝。

"真不明宋小钰抓紧那份遗嘱不放是为什么?"

朱律师的声音忽然柔和,"也许在她生活中,最缺少的是一点点柔情，一个人临终前把一切财产交予她，确实是值得纪念的一笔债，她自然不舍得放松。"

"那她不了解张家骏。"

"是，或许她不，但那不是问题，在那时他爱她，他又没来得及变心，在她心目中，已是永恒。"

常春看着朱律师，"唷，你真了解你的客户。"

朱女答："错，她不是我客户，刘关张才是她的代理律师。"

"那么，你是为谁辛苦为谁忙？"

朱女看常春一眼。

常春叹一口气，自问自答，"张家骏。"

朱女当下问："那个眼睛会笑的小伙子，又是怎么一回事？"

问得好。

都会中五官如永远活在春季里的小伙子少说有十五万名，眼睛四处溜达，十八岁至四十八岁的女性均在视野范围，目的在寻开心，倒不一定想占便宜。不过，千万不要叫他们付出过高代价，切忌更进一步谈到任何计划，否则，他们一定即时失踪。

林海青想必是其中一个吧。

常春怎么会对那样的人有什么期望？

他们自比狡狯的狐狸，而所有女人都是想抓住他们的猎人，以此得意洋洋，踌躇满志地左闪右避……

常春笑，"我早过了玩游戏的阶段了。"

"你怎么知道人家爱玩？"

"看那双眼睛不就知道了。"

朱女不得不承认常春所说属实。

"即使想消闲，也还有别的人，别的地方。"

"对，不要长这种人的志气。"

常春笑，可见朱女是关心她的。

"我会照顾自己。"

朱女点点头，"这是叫我最放心的事。"

常春说："早吃亏，早学乖。"

这是真人真事。

深夜，常春犹自伏案为一笔坏账头痛。

忽然之间，琪琪啼哭起来，所有的大人小人在夜间均会悲从中来，并非稀罕事，常春刚想放下笔去视看，人影一晃，安康已经抱着妹妹站在门口。

琪琪在该刹那特别幼小稚嫩，伏在哥哥怀中饮泣。

安康拍着她说："没事没事。"

常春接过琪琪，轻轻说："缘何无故哭泣，是做噩梦了吧，梦见什么如此恐怖？是看到母亲在你十多岁时已经撒手归去了吧？"

安康摇摇头，"妈妈老说这种话。"

片刻，两个孩子都再度睡熟，留下常春一个人木木独独对牢账簿。

她已累得不能操作思索。

算是一天了。

常春掷笔，倒在床上。

其余那两位女士在做些什么？

大抵不用替她们担心，自顾不暇，哪有资格为别人伤脑筋。

安福全与董女士的婚礼如期举行。

常春管接管送，但是不肯踏进酒会。

安康恳求："请妹妹陪我进去吃块蛋糕。"

看样子这小子也有些怯场，他已经十岁，知道参加父亲的婚礼是件尴尬的事。

故希望妹妹为他壮胆。

常春和颜悦色地同他说："你若不想出席，我不怪你，但妹妹这次不能陪你，这牵涉到妈妈做人原则问题，恕难从命。"又补一句，"做人如连原则也没有，就太惨太悲哀了。"

穿着西装的安康只得独个儿走入酒会。

常春与琪琪在附近咖啡店喝下午茶。

约好四十五分钟后等安康到咖啡座来归队。

没想到与安康一起出现的还有是日的新郎。

常春一呆，"唷，你怎么走得开，不敢当不敢当。"

"我送安康出来，顺道喝杯咖啡。"

安福全坐下，与常春相对无言。

早就没话说了，不然何必离婚。

几次三番想开口，可惜客套不是，开诚布公又不是，只得一直维持缄默。

常春心想，难怪拜伦有诗曰：如果相隔多年，再度与汝相逢，如何问候？以沉默以眼泪。

常春快闷得落下泪来。

召唤侍者结账，不想那边却姗姗走来一个穿礼服女郎。

一定是新娘子了。

抑或是旧娘子？哈哈哈哈哈。

果然，安福全介绍说："拙荆。"

常春眼观鼻，鼻观心，不敢大意，更不敢抬头乱张望，免得惹祸，心中却嘀咕，新郎新娘全跑了出来，婚礼岂非别出心裁？

新娘穿着象牙白的小礼服，打扮得很大方，应该明艳照人，脸容反而有点疲乏，拿起安福全那喝剩的半杯咖啡，喝个尽，刚想说什么，被常春眼明嘴快挡住，结了账，立刻拖着两个孩子告辞。

一家三口撇下新娘新郎打道回府。

车上，琪琪问哥哥："好玩吗？"

"自然，蛋糕有三层楼高，可惜你不能来。"

琪琪很狡狯，"只有底下一层可以吃。"

"还有香槟酒，你也喝不到。"

琪琪知道错过许多热闹，懊恼之余，赌气地口不择言反攻："你爸爸不爱你了，你爸爸同另外一个女人结婚了。"

常春一听，连忙喝道："琪琪，向哥哥道歉！"

　　来不及了，在这个特殊的日子里，小安康心情异常，常春转过头去，发觉儿子已经泪流满脸。

　　她连忙把车子驶往避车湾停下，到后座将安康拥在怀内，冷静而肯定地说："你可以依赖母亲，妈妈总在此地照顾你，直至死亡那一日。"

　　安康冷静下来，头靠在母亲肩膀上，揩干眼泪。

　　常春对琪琪说："向哥哥道歉。"

　　琪琪当然知道什么叫道歉，连忙说："即使你爸爸不爱你，还有我同妈妈。"

　　这种道歉你说惨不惨？

　　做妈妈的只得说："即使是淘气的妹妹，也总比没有的好。"

　　母子三人挤在后座紧紧拥抱。

　　有人敲车窗，是交通警察，"太太，没有事吧。"

　　"我有点头晕，现在已经好了。"

　　"那么，请把车子驶离停车湾。"

　　常春缓缓把车子驶回家。

　　安康的焦虑与恐惧是可以理解的。

　　开头，他有自己的父母，爸爸、妈妈、他，一齐同住，快快活活，心无旁骛。稍后，父母分手，这还不太坏，两人分居，可是格外宠他。再隔几年，妈妈率先再婚，安康搬回父亲公寓住过一阵子，开头不知为什么，后来才晓得要方便母亲度蜜月。

其后，妹妹出生了，他很喜欢那小小毛毛头，妈妈恳求他爱她，保护她，并且即使有什么事，他要原谅她七十个七次。

但是他深深寂寞。

他觉得自己已经长大，童年已离他而去，母亲开口闭口十分诧异地说："你是大男孩了，你要照顾妇孺。"

今日，父亲也结婚了。

在酒会上，董阿姨的白白有保姆照顾，他没有，他只是一个等闲的观光客。

他们以后都不会再疼他。

幸亏妈妈刚才斩钉截铁地向他保证，妈妈会爱他，直到妈妈寿终正寝。

他紧紧握住母亲的手，他需要这样的保证，母亲了解他。

当下琪琪向哥哥恳求："你会原谅我，是不是？"

原谅人总比要求被人原谅好，安康点点头，"我不会怪你。"

常春松口气。

琪琪问母亲："你说爱哥哥直到死亡那一日，那是什么时候？"

常春啼笑皆非，想阻止已经来不及。

常春老老实实答："我不知道。"

"当你五十岁?"对幼童来说,那真是人类生命极限之后的极限,已算十二分宽限。

"呵,"常春笑,"我希望比那个长寿一点。"

"六十、七十?"琪琪追问。

"我希望看到你们长大成人、结婚生子,有个幸福的家,才离开这个世界。"

轮到安康插嘴,"可是,你的母亲并没有那样做,外婆从来不理我们,你也生活得很好。"

"可见我爱你们,"常春乘机收买人心,"总放不下心来。"

琪琪童言无忌,"不要为担心我们而死不闭眼。"

常春那样的母亲当然不以为忤,"本来我随时可以死,现在却希望长命……有个老妈在你们身后出点子,可挡去不少风风雨雨。"

她不止一次与儿女谈论生老病死。

不管孩子们懂不懂,都预先同他们打一个底子,做好心理准备。

到了家,大家都累。

"睡个午觉如何?"常春最贪睡。

琪琪说:"妈妈许久没唱安眠曲。"

安康说:"妈妈根本不会唱安眠曲。"

安康说得对。

"妈妈唱'琪琪'洪巴。"

安康直笑,那大概是母亲幼时学会的一支民

谣，叫"沙里洪巴哀"，抄袭过来作安眠曲，把词儿略改，唱给安康听，便叫"康康洪巴哀"，唱给琪琪听，便叫"琪琪洪巴哀"。

母亲说："此刻我唱给你们听，将来妈妈躺在病榻，即将西去，你们要把你们孩儿带来，唱给妈妈听。"

届时，改作"妈妈洪巴哀"，缓缓唱出，直到妈妈双目合上。

常春对后事早有安排。

当下她对琪琪唱："哪里来的骆驼客呀，琪琪洪巴哀也哀，琪琪来的骆驼客呀，琪琪洪巴哀也哀，琪琪洪巴是你的俄国名字。"

母女笑作一团。

现今世界找谁这样厮混笑闹去？所以每次离婚，常春都把孩子紧紧抓着，至多辛苦头两年，以后回报就必定大过投资。

安康相信母亲会爱他们到底。

再次看到冯季渝的时候，她身段变化已很明显。

新雇的家务助理对她帮助很大，所以她精神松弛愉快，同时也已习惯在家中工作，得心应手。

常春见她把瑜瑜抱坐在膝上撰广告稿。

瑜瑜双手在书桌上摸索："妈妈，这是什么？妈妈，那是什么？"

冯季渝轻轻说："她还不知道已经永远失去父

亲了。"

"从来不曾拥有的,也不会思念。"

"可是人家都有。"冯季渝惋惜。

"也不是每个女孩子都可以挽着父亲的臂弯步入教堂的。"

"常春,你真是坚强。"

常春微笑,"我只珍惜我所有的,我得不到的,管它呢。"

"我要向你学习这个哲理。"

常春问:"产后还打算上班吗?"

"当然。我喜欢办公室,井井有条,九时才开始操作,超时工作是给老板恩典,多有尊严。坐在家里简直是个奴隶,日夜不分,惨过劳动改造。"

常春笑。

瑜瑜学着大人词汇:"……惨……奴隶……"

冯季渝亦大笑起来。

常春十分佩服她,换了个柔弱点的人,那还得了?那还不乘机就拿出副卖肉养孤儿的样子来?但这位冯季渝早谙苦中作乐之道。

"在医院照过 B 超了。"

"你喜欢男孩还是女孩?"

冯季渝不假思索,"生十个十个都要女孩。"

"结果呢?"

冯季渝满意地答:"是个女孩。"

那多好,求仁得仁。

趁她心情好，常春把张家骏录音带遗嘱放给她听。

常春又一次意外了。

冯季渝只侧着头微笑，没有言语，亦不激动。

常春深深诧异。

片刻她说："我决定代瑜瑜放弃张家骏的遗产，学你那样自力更生，何必为他一个轻率的决定而影响我们的情绪。那人根本是个混球。我保证他在每个女人处都留有一张遗嘱，不信你去问朱律师，他根本没想过生命真正如此短暂，遗嘱只是他的游戏，何必为他烦恼？"

常春对她理智的分析肃然起敬，问道："你几时悟出这个道理来？"

"在医院里，自己与胎儿的性命都似悬于一线，没有你们帮忙，瑜瑜又不知怎么办，还不想开，还待何时？"

"你决定放弃？"

冯季渝点点头。

"你舍得？"

"放弃的不过是一己的贪念，有益无害。"

没想到冯季渝有顿悟。

"告诉朱律师，我们疲乏之极，只想把这个人忘掉，什么都不要了。"

常春说："你说得太正确了，今天是个好日子，我们就这么办。"

"不过，有一件事我真得感激他。"

常春已猜到什么事，"你又来了。"

"因他缘故，我认识了你这样的一个好人。"

常春答："我不是好人，有朝一日碰到利害冲突，你便会看清我丑陋的真面目。"

冯季渝学到常春的幽默感，"原来你是千面女星。"

"演技由生活培养出来。"

冯季渝摸摸面孔，"我的技艺如何？"

"拙劣，不过在进步中。"

"你呢？"

"尚未炉火纯青。"

冯季渝感慨地说："比我精湛就是了。"

常春本想问：胎儿的父亲可前来探望，终于没有出口，还未熟到那个阶段。

人与人之间，最好留一个余地，千万不要打破所有界限，直捣黄龙。

熟稔会带来轻蔑。

在门口，常春还是见到了她要见的人，只是那未来父亲手中拿着一大束罕见的鲜花，香气扑鼻。

常春宽慰之余，轻轻教诲曰："该置些婴儿用品了。"那束花的代价足可置一张小床。

那位英俊的男士向她笑笑——这女子是谁？怎么多管闲事。

他进去了。

冯季渝还是不顾实际地喜欢英俊的面孔。

看看腕表，时间还早，常春悄悄回到店铺，隔着店铺，看到售货员正抱着电话喁喁细语。

不久将来，琪琪也会把话筒贴在耳边直至融掉。

常春推门进店。

店员立刻放下话筒，急急微笑，"今早没有客人，"又补一句，"可是那几套银首饰已经卖光。"

常春唯唯诺诺。

一家这样的小店已困住她们一天内最好的钟数，同病相怜，常春并不介意这种敷衍的语气，谁会要求小伙计赤胆忠心。

常春忽然问她："假使不用上班，你会把时间用来做什么？"

女孩一听这样的问题，神采奕奕，"睡个够。"

"人总会有醒的时刻。"

"跳舞、旅行、逛时装店、喝茶，然后再睡个饱。"

女孩好像十分渴睡的样子。

常春笑了。

女孩同老板娘说："常小姐，其实你根本不用回店里来，乐得享福。"

常春告诉她："我不看店，无处可去。"

女孩瞪大双眼，世界那么大，只怕没路费，哪怕无处去，不可思议。

常春笑笑，"将来你会明白。"

女孩试探问："是因为健康问题。"

"不，我还不至于走不动。"

"呵，我知道，都去过了，已经玩腻了。"

"也不，许多地方许多事我都愿意再度光临尝试。"

"那必定是心情欠佳了。"

常春笑，有一天女孩会明白这种懒洋洋的感觉。

有客人上门来，常春见她拿着伞，伞上有雨珠，便问："外头下雨?"

那客人答："滂沱大雨。"

常春不会知道，商场没有窗户，全部空气调节，没有四季。

"心目中想选件什么礼物?"

"我前度男友要结婚了，"客人说，"送什么好?"

常春笑问："你甩他还是他甩你?"

"双方和平协议分手。"

"呵，请过来这边看看，这样的人值得送比较名贵及经摆的礼物给他。"

走江湖久了，人人都有一手。

常春邀请朱律师："到舍下晚膳。"

朱律师说："老实不客气，我对于府上贵女佣的烹饪手段不敢领教。还有，也不习惯一张台子上坐四五个人，七嘴八舌，插不上嘴。出来吃好不好？辛劳整日，我不想再强颜欢笑，问候您家的少爷千金。"

"只有你这样的人才有资格维持自我。"

"这是好，还是不好？"

"好，好好好好好。"

朱智良坐下来便唤冰冻啤酒。

常春看着她，"像你这般可人儿，到底有没有伴儿？"

朱女讪笑，"你找我出来，是谈这个问题？"

"好奇。"

"不，我身边没有人。早三两年还可以说，我喜欢的人不喜欢我，喜欢我的人我却不喜欢，到了今日，我已经没有目标。常春，其实你我在一只船里。"

"我？我怎么敢同你比，我是两子之母，还能有什么非分之想，只希望孩儿快长大，读书用功，孝顺母亲。"

朱女说下去，"生活上一切我都不缺。"

"那多好，那你可以去追求爱情了。"

"多谢指教，但是今日找我出来，究竟有什么事？"

常春扼要地说明冯季渝与她的最新旨意。

朱女听了不出声，扬手多叫一个啤酒。

"靠自己双手最好，凡事不必强求。"

朱智良说:"如果我看得不错,冯季渝会把女儿的姓字改掉。"

常春一怔,随即说:"她生她养她教她,跟她姓字,实属应该。"

"那么张家骏在孩子心目中一点地位都没有了?"

"不要紧,宋小钰会替他设纪念馆。"

"不一样的,"朱智良无限惋惜,"完全不一样。"

"你不必为张家骏的选择不值。"

朱女抬起头,"这是对他最大的惩罚,"她悲哀地说,"把他忘得一干二净。"

常春说:"他也并不想记得我们。"

争、不争、不争、争,已经磨难了她太多次数,这样一了百了,至少时间可以用来正经用,生活可以归于正常。

"宋小钰口气已经软化。"

常春摇头,"我们已经考虑清楚,不想再为这件事停留在过去不动。"

朱女还想说什么,常春摆摆手,"不必再说,我俩心意已定。"

朱智良缄默,过一刻她说:"你没有来过我家吧?"

"我可以约一个时间来探访。"

"相请不如偶遇,就现在如何?一杯咖啡,二十分钟。"

常春想一想，就算真的只喝一杯咖啡也不失愉快。

于是跟着朱女走。

朱智良住在酒店式公寓里，地方不大，好在有专人打理，窗外是灯火灿烂的维多利亚港。

朱女嘲弄地介绍，"一间公寓不是一个家。"

"我以为你住的地方宽敞无比，书房起码一千平方尺。"

"用不着，我极少在家，免得伤春悲秋。"

"当然，住酒店好处说不尽。"

朱女请常春进卧室。

小小一张书桌上的银相架内有一帧照片，常春一留神，发觉旧照里穿着白衣白裤校服的男生是少年的张家骏。

他身边站着个小妞，手放在她肩膀上，她正傻笑。

常春讶异地问："这是你？"

朱女点点头。

没想到张家骏纪念馆在这里。

墙上挂着他寄给她的生日卡片、明信片，短简。

常春真想揶揄地问：你有没有把他一绺头发藏在金制心形饰盒内。

常春轻轻说："张家骏不是你想像中的那种

人。"

她不想讲他坏话，但这是事实。

朱智良不语。

"你并不真正认识他，因此你将他神化了。"

朱智良伸出手来轻轻抚摸照相架子。

"要是你嫁给他，下场会同其他女人一样，三年内必定同他离婚。"

朱女微笑，"所不同的是，我没有得到这个机会。"

"你比我们幸运。"

朱女问："要喝什么吗？"

常春要一小杯白兰地。

常春再看看照片，"那时你几岁？"

"十三。"

"已有读法律的志向？"

"不，少年的我向往做作家。"

"做什么？"常春笑出来。

"小说家，文学家，搞创作。"

"幸亏后来你摸清楚了方向。"

"是家父逼我读法科，"朱智良尚余惆怅，"他简直抹杀了我成为本世纪本都会最流行作家的可能性。"

常春是各大报刊副刊老读者，她知道几乎每个写作人都自诩是最著名作家，于是拍拍朱女的肩膀，"作家太多了，不少你一个。"

"律师也如过江之鲫。"

常春咧开嘴笑，"做孙行者好了，只是一只猢狲大闹天宫。"

"你才是猪八戒。"

常春叹口气，"我了解你对张家骏的情意。"

朱女说："少年的我有颗寂寞的心。在家，我是一个透明的孩子，不存在，我不出色，但我亦从来不为家长制造烦恼，他们不关怀我，亦不留意我。我坐在客厅一个角落看上一天《书剑恩仇录》，也没有人会问我一句半句。"

朱家老式客堂很大，有两组沙发，一新一旧，旧的那组放近露台，朱女就趁暑假窝在那里读书。

她爱上了陈家洛。

要到二十一岁那年重读此书，才发觉陈家洛兄弟一个也不可爱，没有红花会陪衬，也就没有他俩，但那已是后事。

是张家骏发现她的。

开头以为是只小动物。

朱女穿旧棉衣，手中还握着一条婴儿时期用过的毛巾，沙发又大，只见一团物体在蠕动。

那日张家骏在等朱家大儿子，有空儿，没事，过去一看，发觉沙发上小动物有一张雪白的小面孔，剑眉星目，异常可爱。

张家骏当年只有十八岁，但已经有发掘美女的才华，于是便与朱女兜搭。

"你好吗？呵，看'书剑'，你已经知道什么是好小说了。你可晓得书剑有插图？作者叫云君，我改天取来给你看。"

他慷慨之极，把旧版本送给了小朋友。

当下朱智良把那套书取出给常春看。

常春也为之动容。

"他来找大哥，总与我谈上几句。"

张家骏每一句话都会被朱女咀嚼良久。

她年轻、热情，却内向、畏怯，不知如何表达自己，只有张家骏留意到角落头有那样一个小女孩。

她把她学写的小说原稿给张家骏读。

张家骏笑，"女主角完全是香香公主的翻版。"

朱女担心，"像不像是抄袭？"

张家骏又说："后来她出去留学，回来有没有再见到表哥？"

朱女答："我还没有决定。"

张家骏说："做小说家多好，你说不，情侣便要分离，你说好，有情人便可终成眷属，现实世界里哪有这样称心如意的事。"

真的。

所以朱智良律师少年时的愿望是当小说家。

"张家骏一直视我如小妹。"

他自有各式各样的女朋友。

然后在七十年代中期她出国留学。

朱女说:"他一直寄明信片给我,回来没多久,便告诉我,他要结婚,对方叫常春。"

常春喝一口白兰地,"你哭了?"

"眼珠子差点儿掉出来。"

"我配不上你的陈家洛?"常春微笑。

"你已有孩子,且结过一次婚,的确同香妃有个距离。"

常春又笑。

"他写封信给我。"

朱女拉开抽屉,常春诧异了,律师即律师,没想到她把私人信件都收拾得那么整齐,只见她翻了一翻,即取出一只文件夹子,找到某页,递过去给常春看。

"有关你。"

好一个常春,微微笑,"我没有阅读他人信件的习惯。"她不肯看。

"这是他爱上你的原因吧。"朱女十分佩服。

不,常春在心中答,"因为她早已经不爱张家骏,对他过去的所作所为,一点兴趣也无。"

"他说他与你结婚,是因为到了你处,像回到了家一样。"

常春不出声。

"那是对女子至高的赞美。"

常春仍然不答,她看看腕表,"二十分钟早已过去。"朱智良爱他,有她的理由。

　　常春离开他，也有她的理由。

　　琪琪出生后不久，张家骏应酬渐多，开头是九点多才回家，后来是十一点、十二点、一点、二点，以至天亮才返。

　　常春心平气和地同他说："你已经对这个家厌倦。"

　　张家骏的答复极之特别："史必灵，这个家，太像一个家了，我吃不消。"

　　他说得也对。

　　英俊年轻有为的他，每天下班回家，只看见妻子穿着宽袍子手抱幼儿哄大儿吃饭，两个女佣不住穿插厅堂制造音响，他觉得他无立足之地，不如在外散散心。

　　常春记得她问他："你理想的家是怎么样的?"

　　她想看她可否做得到。

　　张家骏答："静幽幽，光线暗暗，水晶缸里插着栀子花，芬芳袭人，妻子穿着真丝晚服，捧出冰镇香槟。"

　　常春马上答："你需要的是一个美丽的情妇。"

　　再见。

　　张家骏为着同样的理由同常春结婚，亦为着同样的理由同她分手。

　　"孩子们在等我。"常春说。

　　"同他分手，你可哭过?"

　　"只有孩子们的眼泪是自由的。"

朱智良低下头，"我总想为他做一点事，报答他知遇之恩。"

"我真的要走了。"

没想到离开朱宅，天都黑了。

常春最怕暮色凄迷，那种苍茫的颜色逼得她透不过气来，只希望匆匆返到小楼，躲进去，一手搂住一个孩子，从此不理世事。

孩子们一听到钥匙响，便奔出来迎接她，哪里去找这样的忠实影迷？真正一个人的时间用在哪里是看得见的，非要做出牺牲，否则得不到报酬。

琪琪临睡之前照例必听妈妈说故事。

说的是什么？正是金庸名著《书剑恩仇录》。

已经说到荡气回肠的大结局。

琪琪问："香香公主有没有变成蝴蝶？"

常春黯然神伤。

过一会儿琪琪忽然问："爸爸是永远不会回来了吧？"

常春点点头。

"永远是什么意思？等我三十岁的时候，他会不会回来？"

"琪琪，睡觉的时间已到，改天再与你讨论这个问题。"

"几时，妈妈，几时？"琪琪要求母亲开出期票。

"你十五岁的时候吧。"

她替琪琪熄灯。

安康迎上来，"爸爸找你。"

安福全？他应该在度蜜月才是。

"找我？"

"史必灵，有事请教。"

"不客气，请讲。"

"白白不欢迎我。"

常春有点意外，"你们不是已经混得烂熟？"

"她不接受我留宿，一到睡眠时间，便打开大门叫我走，跟着哭闹不休。"

常春莫名其妙，"我看不出我怎么样帮到你。"

话终于说到正题上，"那时候安康的反应如何？"

常春不怒反笑。

"请问那时候你如何摆平安康？"安福全居然追问。

常春冷静地说："试试陪她跳舞到天明。""嘭"的一声摔下话筒。

安康担心地问："什么事？"

常春迁怒，"以后不用叫我听他的电话。"

安康不语。

他回自己房去做功课。

常春随即觉得不对，走进去，手搭在儿子肩膀上，刚想说什么，安康已经握住她的手，一切尽在不言中，母子心意通明，一点阻隔都无。

常春就是为这一点才日复一日地起劲地生活下去。

她微笑着蹲下，想说些什么，谁知未语泪先流。

过半晌，常春伸手揩干眼泪，却仍在微笑，"睡吧。"

彼时安康怎么适应？

至今常春还认为对不起这个孩子。

安康曾跟父亲鞋甩袜脱地生活过好几个月。

安福全是家中独子，但各人有各人的缘法，他在家并不得宠。

上头有三个大姐，与父母感情非常好，外人针插不入。

常春当然是外人，常春的孩子，无端端忽然也变成外人。

安老早已退休，需要人陪着散步吃茶闲聊，儿子媳妇没有空儿，便唤女儿女婿做伴，日子久了，索性搬来一同住，外孙也跟着来，后来外孙结婚生子，也一并住在一起养。

安康无立足之地。

常春只得把他接回来。

小孩十分有灵性，知道他的家与以前大大不同，如果不听话，会有麻烦，故此乖得如不存在一样。

幸亏他感觉得到母亲着实疼他。

还好他有一个有能力的妈妈，自力更生，毋须仰人鼻息。

自此以后，他很少见到父亲以及祖父。

倘若常春建议他跟母亲姓常，他不会反对。

今晚常春听了安福全这样一个电话，把新愁旧恨统统勾了上来，焉会不气？

怎么样应付？世上每一件事，都由她独自咬紧牙关，流血流汗，辗转反侧那样应付过去。

袖手旁观者众，谁来拔刀相助。

安福全有麻烦，居然来找她。

他吃撑了。

那夜她没睡好，频频替安康盖被子。

反而吵醒了孩子，"妈妈，我很好。"

这算是客气的了，不消三五年，他也许就会要求出去外国寄宿。届时，恐怕一年只能见三两次。

光阴逐寸溜走，孩子们逐寸长高。

惟一吸引常春注意的是一年一度四月份交税季节。

第二天她捧牢电话及黑咖啡同会计师讲话。

少女店员板着面孔来上班，常春叹口气问："又怎么了？"

少女皱着眉头，"天气那么热。"

常春安慰她："心静自然凉啊。"

她扔下手袋，"晚上睡不着，早上起不来。"

常春失笑，"我能帮你做什么呢？"

"简直不想上班!"

又来了，这次常春抬起头，"另有高就吗?"

"隔壁时装店出价六千块。"

常春只得说："那是个赚钱的好机会，你要紧紧掌握。"

那女孩子意外了。

常春摊摊手，很文艺腔地说："我留得住你的人，也留不住你的心。"

如此这般，便结束了七个月的宾主关系。

常春连她的名字都没时间好好记牢。

她们属于迷茫的一代，措手不及地忽然之间成了年，接着要出来找生活，书没读好，人才亦普通，漫无目标，这里做两个月，那边做三个星期，在小店与小公司之间兜兜转转，千儿八百那样短视地计算着，因知道也会得老，故此更加心浮气躁。

"我月底走，你若找不到人，我可以帮你久一点。"

常春微笑，"那边相信很等人用，下星期你就可以过去。"

那个少女才发觉常春是只笑面虎。

下午，林海青来了，看到玻璃门上贴着聘人启事。

他问："不要登报吗?"

"广告费用多昂贵。"

"常春，我看你一个人守着一爿店真是蛮孤苦的。"

来了，乘虚而入来了。

"反正我白天没事，帮你看店堂如何？"

常春答："你的好意我心领，但是日复一日看店是非常卑微枯燥沉闷的一件事，不消三个星期，你就精神崩溃了。"

林海青笑笑，"听你讲，像在撒哈拉打隆美尔似的。"

"最折磨人的或许不是一场惨烈战争，而是烦琐的日常生活。"

"别担心，我来帮你，直至你找到更好的人。"

他心意已决的样子。

常春看着他，"你有什么条件？"

不出所料，林海青咳嗽一声，"我不收薪水。"

更厉害。

"我做你的合伙人。"

"我不接受合股。"常春板起面孔。

"好好好，"海青举起双手，"我们且不谈那个，我先到店来帮你。"

常春微笑，现在居然有人肯免费帮忙了。

初开店时，挣扎得欲哭无泪，求告无门。

连常夏那么好的妹妹都说："姐姐，你并不是人才，最好找份皇家工，安安稳稳过日子。"

她到美资银行求贷款，认得了贷款部经理张家骏。

那天也是炎夏，常春的头发需要修理，化妆已经油掉，她已经跑遍华资英资银行，都礼貌地遭到拒绝。

张家骏是个好心人。

反正是办公时间，他静静地听常春说出计划。

他指出漏洞在何处："不要怕铺租贵，羊毛出在羊身上，一定要拣旺处……"

是常春眼神中那丝感激感动了他。

他愿意帮这个六亲无靠的年轻母亲。

到了下班时候，他忽然说："让我们好好去吃一顿凉快的日本菜。"

常春这才发觉她有多累多渴多饿。

她身不由己地跟着张家骏走。

那是常春有生以来吃得最适意的一顿晚饭。

两星期后她得到了贷款。

常春落寞地垂下头，款子全数归还那一天，亦即是她与张家骏离婚日。

她取回抵押的公寓屋契，感慨万千。

不过自此生活就比较顺利。

现在，现在环境不同了，现在有人来求她了。

林海青说："我们把隔壁的铺位也租下来，打通，我投资新店的一半。"

常春笑笑，"我喜欢小店。"

"你是猪猡头。"海青恼怒。

"或许我是。"

可是林海青守店堂的态度是认真的。

他年轻、漂亮、衣着时髦、气质上佳，大材小用，自然获得顾客欢心。

客人被他搭上，总得买些什么才好意思出店。

朱智良看到这种情形说："很有一手呵，淘起古井来了。"

"过誉，过誉。"

"那小伙子恐怕要失望。"

"为什么？"

"因为史必灵常春已经事事看化，不屑再搞男女关系。"

常春说："就因为事事看穿，才不妨逢场作戏，风流一番。"

朱智良反问："你见过风流的男女关系？我只觉下流。"

"老姑婆的看法自然不同。"

谁知朱智良承认："所以我找不到人。"

无论如何，林海青已经登堂入室，登店堂入办公室。

朱智良说："宋小钰已接收了张家骏的财产。"

常春淡淡说："那多好，该你的就是你的，横财来时，挡都挡不住。"

"过一阵子她会把那个公寓拍卖掉。"

常春看朱女一眼，她打算怎么样？

果然，朱女喃喃自语："长期租住公寓真不是办法。"

她想把那个公寓买下来？

常春揶揄地搭上去，"置幢公寓也许是时候了。"

朱女一本正经地说："史必灵，陪我去看看房子如何，你是高手。"

常春失笑，"是把我说得仿佛手头上有广厦千万间似的。"

"你眼光好，毋须拥有。"

这倒是真的，品味高的人不一定有拥物狂。

常春心头一喜，"好，陪你去参观。"

朱女朝她一看，莞尔，可见当真千穿万穿，马屁不穿。

一个星期六下午，由朱智良驾车，驶上半山。

常春说："你们都喜欢住山里山，弯里弯，不知多麻烦。从前呢，还说图个清静，现在游人如鲫，吵得要命，而且购物上班仍然不方便。"

"身份象征是什么你可知道？"

常春"嗤"的一声冷笑出来，"你来考我？一个人身份高下看他做过多少事，立过多少功，同住啥房子穿啥衣服并无相干。朱小姐阁下语气眼角均恶俗不堪，我替你难过。"

朱智良为她那慷慨激昂的语气笑出来。

常春扬扬手，"你不明白就算了。"

"我这个红尘痴儿脑筋的确低俗，请你原谅包涵忍耐。"

常春哼了一声。

朱智良的车子越去越远，越驶越高，终于驶过雾线，去到深山，只觉阴凉潮湿，满山披挂满紫藤，不知名鸟儿叽叽喳喳叫个不停。

确实是好风光。

但常春那颗疲乏的心并不欣赏，她说："太远了。"

"因此价钱不贵。"

"上去看看。"

"三层楼，十年新，是二楼甲座。"

朱智良身边带着钥匙，取出开门入内。

地方不大，只有两间房间，但是客厅十分宽敞。

常春当然还是第一次来。

张在置这间公寓的时候她早同他分手。

露台对着山，可以嗅到紫藤芬芳。

常春还是批评："湿气太重。"

屋内不少摆设，都购自常春那家小店。

连朱智良都问："他时常到你店来？"

"不，他可能叫人来买。"

"他很照顾你。"

常春笑笑，"相信我，我不止他一个顾客。"

"当然，本市也不止一间礼品店。"

朱智良永远维护着张家骏。

卧室简单素净，一张单人床，纯白被褥，案头两只相架，分别是他与琪琪及瑜瑜的合照。

"你仍然不原谅他?"朱女问。

"我不记得我说过我那么小气。"

"你不肯承认。"

"你又何必咄咄逼人。"

"来看厨房。"

"不必了，这公寓很适合你住，怕只怕没有男士会千里迢迢送你回家。"

"不要紧，我会送他们。"

常春微微笑，想得这样透，倒是好事。

常春问："你会保留一切家具?"

废话，她就是为着将公寓维持原状才买下它。

"这间是书房。"

常春跟朱女进去。

水晶盆里养着密簇簇的白兰花，此刻水已干涸，花已干瘪成为铁锈的细爪子。

常春轻轻说："一朝春尽红颜老，花落人亡两不知。"

朱女又忍不住嘲笑："你的外币定期存款长春不就行了。"

现代人仍有哀与乐，但同古时大有出入。

常春说："窗一关，开了空气调节，帝力与你何有哉。"

"不过，至好隔三两日同我联络一下，免我出了事无人知。"

独身人士平日夸啦啦，嘴巴响，个个最怕晕死床上没人知。

"这种地方绝不适合孩子们住。"

可是书桌上有一只琪琪玩得残旧的玩具熊，原装眼睛已经掉落，由常春钉上纽扣代替，不知怎地落在张家骏手中，也许有一次，女儿跟他出去玩，遗忘在他的车里。

朱女说："我不会有孩子。"

语气中的遗憾微乎其微。

"那么买下它吧。"

张家骏根本没打算与儿女同住，这种地方附近哪有学校。

琪琪上学时常春与他也有过一番纷争，他坚持让琪琪念国际学校，一半英文，一半法语，弃中文不用。

常春不去理他。

她把琪琪送入英文小学，兼修中国语文及历史。

张家骏跺脚："将来他们用不到中文，时间花得太奢侈。"

常春冷冷问："你用得到七十条领带吗？"

但有时遇到中文教师故意磨难小学生，也觉得不忿，人与人之类分清楚倒也罢了，可是往往一勾一撇一捺都得照铅字规矩，不然就错，扣分，对小孩打击甚大。

"神不守舍想些什么?"

"往事。"

"那边是卫生间——"

"下山去喝杯冰茶吧,渴死了。"

下得山来,才知道张家骏的确懂得享受,原来他那里真堪称世外桃源,与山外的喧嚣繁忙嘈吵不挂钩。

朱女告诉常春:"宋小钰府上同他很近。"

"房子卖了,宋小姐打算把现金拿来何用?"

"指明捐到保良局助养孤女。"

常春一怔,呛住,"好,好,好。"夫复何言。

同孤女们争遗产成功,把款子再捐到孤儿院,大公无私,妙不可言。

朱女劝,"你早说算了。"

"是我说过。"常春苦笑。

"好人有好报,你的生意会蒸蒸日上。"

"是,一本万利,客似云来,富贵荣华。"

一口气喝下两杯冰茶才把不平之意压下去。

"将来琪琪与瑜瑜都可以常到我家来玩。"

常春说:"朱女,你是惟一爱张家骏的女子。"

朱女遗憾地说:"因为他没有娶我。"

"你真幸运。"

据朱智良说,房子拍卖那日,没有人争投,她很顺利投得。

　　她并没有计划立时三刻搬进去，偿一个夙愿才是她买下房子的原因。

　　常春在一个黄昏听见琪琪怀念父亲："同妈妈逛玩具店，每次只限买一个，爸爸不一样，爸爸任我挑选。"

　　安康为她解释："他一年才见你十次八次，当然大方，妈妈可是天天对着你，服侍你穿衣洗澡上学功课三餐。"

　　琪琪想一想，"妈妈，谢谢你。"

　　常春故作大方，"都是应该的，那是我的责任，上帝派小朋友到我家来住，带来欢笑，我就得照顾小朋友及服侍小朋友。"

　　琪琪呵呵笑，"我就是那个小朋友。"

　　"过来，小朋友。"

　　常春把琪琪拥在怀中。

　　这个小朋友因她来到世上历劫生老病死喜怒哀乐，她当然充满歉意地爱她。

　　常春吻女儿吻得啜啜响。

　　安康说："我去看过白白，她很不快乐。"

　　常春问："你这个哥哥有没有劝解她？"

　　"有。"

　　"结果呢？"

　　"白白说她喜欢我，但讨厌我父亲。"

　　"当然，你同她没有利害冲突。"

　　安康说："我了解白白的焦虑，妈妈要是你又决定结婚，我便与她同一处境。"

这个"又"字好不难听刺耳。

安康说："白白同我诉苦，说从前坐的坐位此刻已经让了给爸爸。"

常春不好出声。

"还有，白白半夜常做噩梦惊醒，本来她妈妈会抱她到大床睡至天亮，现在只过来拍拍，白白的噩梦就是不能再睡妈妈的大床。"

常春恻然。

"现在她妈妈，她，以及我父亲都不开心。"

常春说："慢慢会习惯的。"

"真叫人难过。"

"是，我们爱莫能助。"常春想结束话题。

但安康心中太多困惑，"为什么要结婚?"

常春一向把孩子们当大人，"人总会觉得寂寞，总想找个伴侣。"

"子女陪着你们还不够吗?"

"孩子们会长大，会飞离旧巢，伴侣同子女不一样。"

"可是我们还没成年，你们已经离婚。"

常春连忙说："开头的时候，我们——"讲到一半，无以为继，再也不能自圆其说，只得停住。

而安康还在等待她的解释。

常春挥挥手，"妈妈累了，今天就说到此地为止。"她打发安康。

安康十分聪明，谅解地笑笑，"当我长大了，自然会明白，可是那样？"

常春松口气，"是，就是那样。"

安康说："到今天，居然还有不离婚的爸妈，赵晓明的父母就天天一起来接晓明放学，"安康停一停，"他们可能不正常。"向母亲挤挤眼。

常春点点头，"一定是神经病。"

说完了，无限凄凉。

问她，她也不知道，怎样才能不离婚，相敬如宾她试过，相敬如冰她也试过，就是不成功。

安康这时拍拍她肩膀，"没问题，我去做功课，我们慢慢再讨论这个问题。"

他走开之后，常春用手撑着头，半晌不能动弹。

这好算她的理想生活吗？

她想都不敢想，成年以后，常春永远有种置身战壕的感觉，只要能够存活，已是丰功伟绩。

她对自己没有期望，亦无大计划。

她最大的敌人是开门七件事，还有通货膨胀。

第二天看报纸，眼角瞄到保良局启事，助养一名孤儿，一个月才几百块，随便一顿午餐的花费而已。

也许宋小钰是正确的：给最需要的人，而不是至亲。

琪琪与瑜瑜还有能够养活她们的母亲。

电话响了，是冯季渝。

常春诧异，"这么早，身体好吗，孩子可听话？"

冯季渝说："有事请教，所以黎明即起。"

常春只怕又是什么重要大事，谁知冯季渝说："瑜瑜问我，电视新闻片头中会转的那只球是什么。"

"买只地球仪给她好了，我家有，改日送来。"

"谢谢，我已经买到。"

"告诉她，我们生活在这个地球上，属于太阳系九大行星之一。"

"对，可是她问我，地球为什么会转？"

常春沉默。

"我同她说，地球亘古自转，还有，它也绕着太阳公转。"

常春苦笑，这确实是最难接受的一项事实。

"瑜瑜可相信这件事？"

"她有点犹疑，不过知道妈妈不会骗她。"

常春说："让老师告诉她吧。"

"史必灵，原来我们住在一只滴溜溜会转悬挂在半空中的一只球上。"

常春一贯幽默，"不然你以为怎样，地球是四方的？"

"原来我们没有什么保障，"冯季渝笑道，"这个球随时会摔落在宇宙的某一角落。"

"于是你有了顿悟。"

"是，由此证明我们不同宋小钰争风喝醋完全正确。"

常春只是笑。

"对了，我在书本中发现，"冯季渝顶愉快起劲，"地球的轴是斜的。"

"是，成六十四度，并非直角。"

"你还记得？"

"中学会考地理科我拿的是优。"

冯季渝由衷地说："史必灵，我希望有一日能学你看得那么开。"

"我？你没见我争得咬牙切齿、额露青筋的丑态呢。"

"谢谢你的时间，现在我要出门去见医生。"

一次十分愉快的谈话。

渐渐的人总会朝返璞归真这条路上走。

才到店门，看见林海青已经在收拾摆设。

自从认识他之后，常春明白什么叫做多一条臂膀倚靠。

她记得她同常夏说："我希望我有三只手。"

谁知常夏答："我希望我有四只。"更贪。

此刻，放在她面前的，正是有力的两条手臂。

当然，常春不能免费借用，她须付出代价。

她愿意。

常春不再固执，因为正如冯季渝所说，人类不过住在一只悬在半空不住转动的球上。

她决定接受林海青做合伙人。

而海青，他永远不会知道，一只孩子的地球仪，帮了他多大的忙。

海青看见了她，"早，今日你脸色祥和，心情愉快，我们生意一定不错。"

"坐下来，海青，我们谈谈你做小股东的细节。"

海青并没有雀跃，他气定神闲，像是一切均在意料之中。

一切以双方都有利可图为原则，合约条款交朱智良律师过目。

简单的会议完毕后，海青才露出一个大大笑容，诚恳地握着常春的手摇一摇，"我不会令你失望。"这，也是处世演技的一部分。

已经没有新意，常春忽然情不自禁地打了个哈欠，林海青知道一切瞒不过常春的法眼，略见尴尬，但一想到他不会占她便宜，又旋即泰然。

不过是互相利用罢了。

常春感慨，幸亏有孩子们，子女对她，以及她对子女，百分之百真挚。

常春喝一口茶问："你可知道什么地方找得到太阳系九大行星的挂图或地图？"

"你要的是详图吧？"

"是，最好中英并重，列明所有行星的卫星那种。"

"我替你去找。"

他没有多余的问题。

倒是常春忍不住,"你不问我有什么用?"

海青抬起头,讶异答:"当然是用来教孩子功课,"停一停他又说,"我会顺带替你找一张宇宙图同月球地图。"

"谢谢你。"

谁会不喜欢那样聪明伶俐的年轻人。

朱智良来找,常春一抬头,发觉已经中午,一天又报销了一半。

"方便出来吗?"

"店里有海青,我走得开。"

从前,吃中饭也最好把店背在背上。

朱女把一把钥匙交给常春。

一看就知道是把银行保管箱钥匙。

"属张家骏所有,宋小钰去看过,把钥匙交给我,她说你应该去接收。"

常春摇摇头,她脸上些微的厌恶并非伪装,"朱女,让张家骏入土为安吧,别再把他掀出来谈论不停了。"

朱女把钥匙放在桌子上。

"我已没有兴趣,你如说我薄情,我亦可指你走火入魔,朱女,到此为止。"

朱女轻轻叹息。

常春把那把钥匙轻轻推回去，"问问冯季渝可有兴趣。"

"她昨日已说'不'。"

月球的地图的确有趣可爱得多了。

"我征收合伙人，接受新资本，请为这张合同做见证人。"

朱女颓然。

常春只顾说下去："做生意亦不能太过墨守成规，虽然我满足现状，但生命那么长，没有新发展也挺闷，把隔壁铺位分期付款买下来，谁知道，也许就会有奇迹。"

朱智良一声不响。

那把钥匙仍在桌上。

常春拿起手袋，"我有事先走一步。"

最凶的反应是一点反应也没有。

不过也要当事人够冷静才行，常春的道行并非特别到家，她是真正的不感兴趣。

保险箱里即使有值钱的东西，也变卖了捐给孤儿院吧。

她早已失去张家骏，还有生活中其他更宝贵的人与事，不是不在乎，而是比从前更懂得珍惜此刻手上所拥有的，争不争得到本来不属于她的东西，已不令她烦恼。

她带着孩子们到郊外酒店去住了两天，吃正统的法国菜，在宽大的泳池里畅游。

常春没有下水，她能游，但是扒水扒得似鸭子，两个孩子各由专人指导，游得不错。

炎热天气下，常春用毛巾包着头，戴着墨镜，耳畔儿童嬉戏声具催化作用，吸一口冰茶，像是看到十七岁的自己在泳池中跳跃。

与女同学在一起，一边争着扬言将来必在事业上有成就，另一方面，又买了新娘与家庭杂志回来翻阅各式各样白纱白缎礼服，结婚时要选一套最华丽的。

并没有人告诉她，生活其实并不那样美好，尤其是常春，家境与相貌都十分普通。

她并没有拥有万人瞩目的事业，也从来没有穿过礼服结婚，不过，她倒是像一切少女一样，确确实实地做过许多不切实际的梦。

琪琪自水中起来湿漉漉抱着母亲说："我是妈妈的褒姿蛋。"

常春笑，"不，是花百姿蛋。"总而言之，她是妈妈的宝贝。

"下次，哥哥说，或许可以带白白来。"

真的，怎么忘了她？

常春说："她父母自会带她去玩耍。"

"哥哥说白白的父亲已回英格兰去并且不知什么时候回来，"琪琪停一停，"大概同我爸爸一样。"

英格兰似天堂？

差远矣。

安康这个时候兴奋地飞奔过来，"妈妈，妈妈，爸爸也在这间酒店里。"

看，说到曹操，曹操就到，并且带着别人的女儿来度假，能够顾及人之幼真是好事，可惜安某并没有先照护亲生儿。

这是安家的传统作风，一屋人，男女老幼都有，连他们家女婿的妹子的子女都可以招呼，却容不下安康这孩子。

也许是常春的错，她不想安康去与闲杂亲戚争床位争卫生间。

安康少不更事，"妈妈，我去同爸爸喝茶。"

常春连忙说："别去打扰他们。"

谁知背后一个冷冷的声音传过来，"怎么会用到这么严重的字眼！"

常春不用回首也知道这是安康的董阿姨，不知是否坐在火辣辣的日头下久了，她竟沉不住气，"我自管教我儿子，不碍旁人事。"

身后那位女士不甘服雌，"后母真难做。"

常春骤然回首，笑嘻嘻说："我还没死呢，我死后你当有机会做后母。"

安康惊呆了，琪琪则紧紧握住母亲的手。

常春目光炯炯地瞪着那董女士。

那位女士不发一言，转过头就走。

常春神色自若地说："我们回房去冲洗。"

背脊已爬满冷汗。

一手拉一个孩子，她忽然发觉自己是一个不能死的人。

自此以后，她要好好注意身体，吃得好睡得好，千万不能让病魔有机可乘。

她要活至耄耋，看着安康与琪琪成家立室。

活着是她的责任，做不到的话，两个孩子会给人欺侮。

琪琪抬起头，"妈妈，你为什么哭？"

常春诧异地说："妈妈哪里哭过。"

这时安康也看着妈妈，常春伸手一摸脸颊，发觉整张面孔都是眼泪。

她心平气和说："妈妈不舍得你们。"

回到房间，用毛巾擦干净泪水，可是不行，面孔像是会渗水似的，擦了还有，擦了还有。

她在浴室待了很久很久。

朱女做得对，一个人有一个人好。

走在路上招牌摔下，遇着兵捉贼，误中流弹，飞机失事"轰"的一声化为飞灰，均可当惨烈牺牲，无后顾之忧，不知多潇洒。

反正吃过穿过享受过，得罪过人，也被人得罪过，一点遗憾也无。

待终于自浴室出来，孩子们已在床上睡熟。

常春眼睁睁看着天花板，她有点希望安福全会拨一个电话来，但是他没有。

他只能够顾及眼前的人。

电话铃忽然响起来，常春精神一振。

"我是林海青。"无论是谁都好，只要有人关心。

"今晚九时许我来接你们出市区。"

"好，我们吃过晚饭就可回家。"

"我陪你们进餐如何？"

"谢了，同孩子们吃饭非常乏味，你要不停地回答问题，又得照顾他们用餐具喝饮料，陪他们上洗手间，何必呢，将来你有了子女自会明白。"

海青只是笑，不再坚持。

"店里怎么样？"

"一大帮歌迷正在挑礼物给偶像。"

"祝他们幸运。"

"你也是，稍后见。"

常春吁出一口气，可找到臂膀了，这种伙伴关系最难能可贵，千万要小心，决不可让纯洁的感情掺杂，男人，要多少有多少，聪明能干勤奋的合伙人哪里找去。

她坐在露台喝啤酒。

安康醒了，"不要喝大多，呵呵！"

常春连忙放下酒杯，无奈地说："才第一口罢了。"

"从前你不喝酒。"轮到儿子来管她。

"啤酒怎么好算酒。"

"那又为什么叫啤酒，我查过了，它含三巴仙酒精。"

"不喝了，不喝了。"

安康把头靠在母亲肩膀上，"妈妈，你是我的一切。"

常春诧异，"是吗，你这样想吗？将来你会拥有学位、事业、家庭、子女、好友、房产、现钞……你会有很多很多，多得使你觉得母亲的地位卑微。"

安康讶异，"不会吧。"

"怎么不会，不然的话，为何有那么多母亲沦落在养老院中。"

"你不会。"

"你保证？"常春取笑他。

"妈妈永远同我一起住。"

常春讪笑，她才不要。

她还想维持最低限度的尊严呢，住在儿女家中，站不是，坐又不是，妨碍年轻人生活自由，他们说话，不听不是，回答也不是，帮忙做家务呢，顿时变成老妈子，袖手旁观呢，又百般无聊，常春不屑侍候他们眼睛鼻子，她会一个人住到小公寓去。

她会照顾自己，健康若真正不允许，她愿意聘请看护做伴。

谁耐烦同儿子媳妇合住。

比这更不如的，乃是与女儿女婿同居，女儿主持一头家还不够辛苦，老妈如何忍心去百上加斤。

当下她跟安康说："去，去叫醒妹妹，肚子该饿了。"

先把简单行李收拾好。

在咖啡店与餐厅之间，常春选了西菜厅，因为猜想安福全他们会在咖啡店。

结果又碰上了。

小女孩白白不住哭闹踢叫，令全餐厅客人为之侧目。

安福全紧皱眉头面孔铁青不出声。

董女士似失去控制，她忽然伸手拍打了女儿一下，结果小白白哭得更厉害。

这时安康忽然静静地走过去，一声不响，伸手抱过白白。

那小女孩抽搐着伏在他怀中，马上停止叫喊。

安康一径把她抱到常春这一桌来。

整个餐厅松了一口气。

琪琪友爱地喂她喝水。

小女孩分明是闹累了。

伏在哥哥怀中，不住啜食拇指。

常春替她叫了一客热牛乳，喝过之后，她沉沉入睡。

安康用外衣包住她，免得她着冷。

琪琪说："白白脾气好大。"

常春笑答："你比她还差，不信问哥哥。"

一桌人吃得饱饱，白白小睡醒来，刚好一起吃冰淇淋。

奇就奇在那边并没有来领回女儿。

林海青倒是来了，一看，两个孩子变成了三个，一般浓眉大眼，便不敢出声，只怕最小那个也是常春所出。

常春顺口为他们介绍："这位是林海青哥哥。"

海青开头欣然答应，后来一想，不对，"我怎么矮了一辈儿。"

"差不多就算了。"常春笑。

这时，她看见白白胖胖臂膀上有五轮红印，分明是她母亲的巨灵掌，不由得肉痛，便把冰淇淋上所有红樱桃赏给白白吃。

幼小孩子看样子已经浑忘刚才不愉快一幕。

常春温言好语同她说："你何故发脾气？"

白白不回答，两岁那么小的人儿也知道讳避不愉快话题。

常春像是自言自语："做妈妈的最累，孩子不听话，心中气恼，白天又得上班，没有精神怎么应付？"然后看着白白，"你要同妈妈合作啊。"

林海青骇笑，"她听得懂吗？"

常春一本正经，"怎么不懂。小动物都懂。"

白白只是低着头吃樱桃。

"吃完了，跑回妈妈那里去，同妈妈说对不起。"

白白没有回音。

可是过一刻，吃完了，她自动爬下椅子，仍由安康把她送回去。

林海青这才肯定幼儿是别人的孩子。

他唤侍者结账。

待他们抬起头，安福全一桌已经离开，从头到尾，没有过来打一个招呼，没有道谢。

好人难做。

琪琪一直问："小时候你有没有打过我？"

当然有。"你说呢？"

琪琪笑嘻嘻，"妈妈不会打我。"

这一刻又有点犹疑，"哥哥，你见没见过妈妈打我？"

安康毫不考虑地说："从来没有。"

常春微微笑。

安康说谎。

怎么没有，有一轮心情坏，还没找到好保姆，一岁的琪琪又特别会趁兵荒马乱的时候哭闹不休，常春忙得又累又渴，完全控制不住自己，对牢琪琪便吼，小孩受了惊吓，小小的身躯如一只小猫般颤抖……

单亲不好做，单亲的孩子自然比较吃苦。

她也打过琪琪，世上哪有不打孩子的母亲与不吵架的夫妻。

不过一切过去之后，她这个母亲还不是替孩子们缴付小中大学学费。

这样重的担子，也亏常春担在肩膀上。

当下连林海青都忍不住说："你不像是打孩子的那种人。"

安康不出声，这是他与妈妈之间的秘密。

他记得很清楚，父母还没有分开的时候一直吵，他听见他们提高了喉咙，就往台子底下钻，母亲因此更生气，一定要把他自桌底揪出来。

现在好了，家里只有母亲，琪琪与他也学会了照顾自己，妈妈可以全神贯注地去做生意。

他实在不明白何以成年人一整天就是吵吵吵。

安康记得很清楚，妈妈自顾自诉说怨情，爸爸双眼看着电视，一句听不进去，到最后，还因剧情笑出来。

这之后，他们便分开了。

安康没挂念父亲，自此他可以一觉睡到天亮，他乐得享受宁静。

母亲对琪琪慈爱得多，对他，她非常尽责，但直到最近才有说有笑。

常春这样对儿子说："男孩子大了自有天地，父母的家关不住你，你亦不会久留。妹妹不一样，妹妹一生都要靠娘家，你要爱惜妹妹。"

林海青看看正在沉思的安康，这小男孩老气横秋，可是他喜欢他那种罕见的老成，许多同龄孩子还在玩铁甲万能机械人呢。

"到家了。"

"明天店里见。"

林海青把小汽车开走。

安康开口了，"他是谁?"

常春吓一跳，小男孩的语气似严父管教浪荡女。

她据实答："我生意上的新伙伴。"

谁知安康瞪母亲一眼，"记住，公是公，私是私。"

常春毕恭毕敬地说："是。"

安康露出一丝笑，"他看上去像个正经人。"

常春"呵"的一声，"我希望他是，朱阿姨会把他的底细查清楚。"

她儿子说："你要小心，你已经不能不小心了。"

这句话重重伤了常春的自尊心，她收敛了笑容与幽默感。

第二天，冯季渝到店里来找常春。

林海青一向觉得女人心态奇特，她们满有爱心，可是永远找错对象，有烦恼的时候，一吐为快，也不看看那挤眉弄眼的听众是张三李四。

这位冯女士同常春的关系就非常暧昧，但是她们却有说有笑，有商有量。

幸亏他的座右铭是，"千万别管闲事，尤其是女人之事。"

冯季渝说："朱律师把保管箱钥匙叫速递公司送到我家。"

"这把钥匙从何而来？"

"宋小钰通过刘关张律师行交予她。"

这公式化一来一往都不会免费，将来她们几个人一定会收到账单，天文数字，毫无疑问。

"双方律师都希望我俩去看保管箱，我们就去吧。"

常春一向尊重孕妇。

"那小伙子是谁？"

"合伙人。"

"很沉静很好。"

"你戴着的耳环，是他的设计。"

冯季渝看常春一眼，她欣赏他，不过他比她小好一截，又是一条荆棘路。

常春微笑说："与你想的有一点出入，他另有对象。"

冯季渝也笑笑。

保险箱打开了。

中型长条子盒内有两只信封，冯季渝打开其中一封，里边有一只指环，她将它抖出来，只见指环内侧刻着"常春"两字及一个日期。

"你的结婚指环。"

又连忙打开另一只信封，里边是同一式戒指，这只里侧刻着，对了，"冯季渝"三字。

是他两次结婚的纪念品，没想到这样虔诚地租一只保管箱专为放两只指环。

"还有没有其他的东西？"

冯季渝伸手掏一掏，"没有了。"

常春问："你的结婚戒指呢？"

"在某只抽屉里，"冯季渝问，"你的呢？"

"我不留纪念品，它们都是垃圾。"

"真的，记得便记得，忘却便忘却。"

她俩离开了银行。

阳光异样地炽热炫目，冯季渝有点吃不消，她胖了许多，汗霎时间湿透背脊。

常春替她拦到一部计程车，还替她开车门关车门。

她那漂亮的男伴这次没有陪她同来。

隔壁的铺位已经买下来，装修工程开始。

老店原来的装潢不变，又要与新店配合，常春看过图样，构思实在不错。

开工时，发觉室内装修师是一个二十出头的女孩子，白衬衫咔叽裤，男装蚝式防水表，常春心里已明白一半。

那女孩姓胡名平。

是林海青在工学院的同学。

胡平爱嚼口香糖，可是同常春说话之前必定先把糖渣吐掉。

这才像出来走的人。

　　常春密切注意她开出来的账单，每一宗都静静复核，证实的确价廉物美。

　　做生意防人之心不可无。

　　胡平与海青在公众场合一点特别亲热的表示都没有，更显得难能可贵。

　　常春欣赏这对年轻人。

　　她一直以为他们是情侣，直到一日无意中听到这样的对白。

　　她："妈妈很想见你。"

　　他："你不是没看见我忙。"

　　她："你存心见她，总可以抽得出时间来。"

　　他："我不想在公众地方谈家事。"

　　她："常小姐是个通情达理的人。"

　　常春真是好不尴尬，当时她坐在旧铺一角的写字台上，与他们只隔着一块木板，虽见不到他们，声音对白却听得清楚。

　　胡平语气悲哀，"海青，你必须见她，她年纪已经大了，生命已像肥皂泡那样越来越薄，终于会破裂，消失在空气中，那时，你想见都见不到她。"

　　海青冷冷说："我不觉得是什么损失，我所没有的，我不会牵挂。"

　　常春轻轻抬起头来。

　　两个人的表达能力都那么强，把他们心意用言语演绎得一清二楚。

　　他们的关系究竟如何？

　　常春不惯窃听人家的秘密，真想走开，但她正在核数，不方便放下。

　　"海青——"

　　"不必多说。"

　　"你介绍这项工程给我，我很感激。"

　　"那是因为你工夫实在不错，没有其他原因。"

　　胡平静一会儿，"工夫不错的设计师城内是很多的。"

　　海青答："我碰巧认识你。"

　　听到这里，常春已肯定他们不是情侣。

　　刚有客人进来，常春忙去招呼。

　　那是一位红脸白发的美国老先生，选购礼物送女儿生日，见常春穿着件黑衬衫，便要求她把银项链戴起示范。

　　常春不厌其烦，逐款配起给他看。

　　"或许，尊夫人也喜欢拥有一条。"

　　客人很满意这样的款待，反正要花费，总要花得适意。

　　他买了两套林海青精心设计的款式，并且把女儿的照片给常春看。

　　"她长得美，"常春说，"同尊夫人一个脸盘子。"

　　老先生答："我们结婚四十年了。"

　　"太难能可贵！从一而终？"

　　"对，一夫一妻，"老先生咕咕笑，"经过两次大战，目不斜视，心无旁骛。"

"你们二人均幸运之至。"

"上帝特别眷顾我们。"

他捧着礼物愉快地离去。

林海青不知何时已经站在身旁，"明年他肯定会再来。"

"明年也许他到东京去买礼物。"

海青的脸色仍有一股悻然之气。

这小子，涵养工夫已经练得颇为到家，轻易不会看到他露出不愉快神情，这一次像是动了真气似的。

常春当然对这件事一字不提。

海青一整天都沉静。

回到家，常春与来做客的妹妹说："结婚四十年该是什么样的感觉?"

"那要看是什么样的四十年。"

"当然，为了生活的四十年是不作数的，太像公务员生涯了。"

"想像中那两个人已经化为一个人了。"

"有一方如提前离去，岂不惨痛?"

常夏笑，"所以说人间美中不足今方信。"

"你可想庆祝结婚四十周年?"

"勉强没有幸福。"

常春说："能够与一个人在一起四十年，那人想必有点好处。"

常夏侧头想一想，"你也要有点好处。"

"那自然，跳探戈需要两个人。"

"现今世界这已是不大可能的事了。首先，要很早结婚，第二，要忍耐涵养工夫一流，还有，闲日要把自己放在最尾，要紧关头却又愿意挺身而出当炮灰，换句话说，要有牺牲精神。"

常春笑。

"你肯不肯?"

"肯，但不是为别人，是为自己。"

"在今日，愉快地结婚十周年已是奇迹。"

"你呢，你快乐吗?"常春问妹妹。

"我并非不开心。"

"孩子的笑脸总叫你心花怒放吧?"

"那是我骨肉，有什么事，一定先拖着孩子走。"

结婚四十年!

毋须结婚，只要能够同一个人相处四十年已经够好，不管他是合伙人抑或是亲妹子。

送常夏出门时碰见林海青。

他说："对不起，我没有预约。"

常春知道他有心事要诉，便微笑说："不要紧，我耳朵反正闲着。"

常夏看林海青一眼，不做声。

这种年轻男子最危险，一身紧张曲折的活力，搭上了如通电一样，浑身颤抖，许就变成焦炭，不过炭就炭吧，常夏又看看姐姐，常春可能需要燃烧。

她走了之后，海青坐下。

他浑身是汗，胸口一个湿V字，要一杯啤酒，边喝边斟酌该如何开口。

其实常春可用三言两语代他说出心中疑惑，但是她一向好脾性，只等当事人倾诉。

海青终于说："胡平姓胡，我姓林。"

"废话。"

"正如安康姓安，琪琪姓张。"

常春笑笑。

"我们的情况相同。"

常春大大不以为然，"错，安康疼爱妈妈与妹妹。"

林海青脸红。

过一刻他说："你早知道了。"

"我还算敏感。"

"家母想见我。"

"为什么不去晋见？"

"我恨她。"

"幼稚。"

"你不明白——"

"幼稚！"

林海青长叹一声，举起冰凉的啤酒一饮而尽。

常春再给他斟一杯。

"你并没有一双好耳朵。"他抗议。

"对不起，你这论调，我不爱听。"

"不是每个母亲都像你，常春。"

"我有什么特别之处？你问安康，我一样打骂孩子，一样拿他们出气。"

"可是你与他们同在。"

"各人的环境不一样，你需有颗体谅之心，此刻你已成年，指日可望名成利就，为何斤斤计较？"

林海青又喝尽了啤酒。

"你要惩罚她，但同时也惩罚自己。"

"我们之间无话可说。"

"带一只无线电去制造音响。"

林海青笑了。

安康这时借故跑来两人之间坐着，"咳嗽"一声，翻阅杂志。

"去，听你妹妹的话，去见你母亲，第一次坐五分钟，第二次坐十分钟，次数多了，自会习惯。"

安康一听，非常放心，原来他们真的有话要说，而且，说的是正经事。

林海青抗议："说时容易做时难。"

"当然，"常春说，"不然干吗人人需要勇气。"

"我会考虑。"

"不要多想，提起尊腿，马上去。"

"我不愿意轻易原谅她。"

常春嘻哈一声，耻笑他："你这个盲目斗气的人，赶快离开我的家。"

"我还希望多喝一杯。"

常春站起来，"安康，你招呼这位哥哥。"

安康放下杂志，拿出半打罐头啤酒，怪同情地说："喝个饱好了，怎么，同妈妈闹别扭？"

海青愿意向小弟弟学习，"告诉我，安康，你如何同妈妈与妹妹和睦相处？"

安康神气活现地答："女人都是不讲理的呢，不要与她们讲原则讲道理。"

海青一怔，"那么讲什么？"

"讲迁就啰。"安康向他眨眨眼。

海青说："你长大了总要离开这个家。"

"当然，可是我会时常约见母亲与妹妹。"

"为什么？"

"因为她俩是我至亲。"

"不，因为令堂的确是个值得尊敬的人。"

常春出来，看见他俩，诧异地说："海青，你还在这里？康儿，帮哥哥把脑袋拿到洗衣机里洗一洗，思想许会搞通。"

海青站起来，无奈地说："我告辞了。"

安康送他到门口，告诉他："男人要保护女人，男人要对女人好。"

海青由衷地道谢："你的忠告很有用。"

常春探头问："走了？"

安康同母亲说："也许他母亲真的令他生气。"

　　常春叹口气，"可能，但是失去的童年已经永远失去，他已成年，变为大块头，不如原谅母亲，自己好过。"

　　安康抬起头来，"妈妈，你会不会再结婚？"

　　常春很肯定地说："不会了。"

　　"假使有好的对象呢？"安康蛮开通的。

　　常春笑了。

　　她有种熬出头的感觉，居然可以与孩子谈到自己婚嫁的问题。

　　"今天到此为止。"

　　过两日，常春问海青："你回过家没有？"

　　海青摇摇头。

　　"牛！"

　　胡平在另一角怅惘地笑。

　　两道店终于打通了。

　　常春同胡平说："还不恭喜你哥哥大展宏图。"

　　胡平淡淡地笑，"他不一定承认我这个妹妹。"

　　林海青冷笑，"我爸只生我一个。"

　　常春连忙岔开话题，"多了一百尺地方，看上去气派像是大了一千尺。"她后悔多嘴，那是他们兄妹俩的家事，她凭什么不自量力想做鲁仲连。

　　朱智良来看过，"装修得极有心思，把那位专家介绍给我如何，我正要搬家。"

　　常春很乐意把胡平的卡片交给朱智良，林海青在旁看着，虽不出声，眼神却露出宽慰的神情。

他明明很关心妹妹。

朱智良约胡平谈生意，把常春也叫了去。

常春正想向胡平表示谢意，很乐意赴会。

到了咖啡座，发觉朱女一个人坐在那里。

"胡小姐呢？"

朱女向另一边呶呶嘴，常春一瞄，看到胡平坐另一桌，她对面的女客却是熟人宋小钰。

朱女笑说："世界真细小是不是？"

常春问："她们是同学？"

"不止那么简单。"

常春不好意思探听人家的秘密，但也表示惊叹："啊？"

"刚才胡小姐见到宋小姐，竟叫她姐姐。"

姐姐？常春抬起头来。

急急用人脑计算机算了一下，哦，难道林海青与胡平的母亲嫁过三次？

朱女说："每个人的身世都是一个故事。"

这时宋小钰也看见了她们，点点头。

常春笑问朱女："你说，这个都会是否人人都认识人人？"

"有什么奇怪，地方那么小，人际关系那么复杂。"

这时胡平回来了。

她很大方地说："原来你们认识我姐姐。"

看见常春神色尴尬，便加一句："我们是姻亲关系，家母最近同她父亲宋先生结婚。"

常春至此才明白林海青不肯去见母亲的原因。

先入为主，人们老以为母亲多半是白发布衣，孤苦伶仃，望穿秋水等儿女返家救济的老妇，没想到许多女子做了好几次母亲之后仍可风骚风流。

胡平说下去，"宋先生一直很照顾我，哥哥不领情，他从来不屑见宋家的人。"

常春笑。

只有她才知道林海青暗暗留意一切，不然他不会巴巴地跑到宋小钰的画展去。

他也关心母亲。

当下常春没出声。

胡平说："我只希望母亲快乐。"低下头感喟。

常春十分感动，她希望安康与琪琪对她也这般谅解。

胡平抬起头来，"海青仍然不肯去见母亲呢。"

常春顾左右问："朱律师的房子怎么样？"

"我想约个时间去看一看。"

朱女笑，"我现在就送你去。"

不知宋小钰是否希望她父亲快乐。

他们是父母再婚的第一代受害人，安康琪琪这辈已经是后起之秀，不得不习以为常了。

那天下午，常春接到宋小钰的电话。

常春说："我走不开，你要不要到舍下来谈谈？下午四时是小女午睡时间，我可以抽空儿。"

常春的时间早已不是她自己的时间，日与夜被分割成一段一段，一片一片，一小节一小节，她必须一眼观七，七手八脚地忍辱偷生，事事尊孩子为重，听他们的命令为首要，同时尽量在剩下的时间内休息，办妥一切私事兼赚钱养家。然而，她还不算贤妻良母，因为她结过两次婚。

宋小钰这次前来探访，神色大善，与以前大大不同。

她一进门就说："我不知道你同我继母的儿子在一起。"

小安康长着顺风耳，马上不动，听大人把话说下去。

常春连忙澄清："你误会了，我同林海青是合伙人，我当他像兄弟一样，同你听来的谣言很有出入。"

安康轻轻吁出一口气。

宋小钰沉默，过一会儿她说："他是个出色人物，城内大半女士以戴他设计的首饰为荣。"

常春笑笑，"还没有那么厉害吧。"

"家父极希望他能与母亲和解。"

"慢慢总有机会化解。"

宋小钰点点头，"就这样，我忽然多了一对出色的兄妹。"

常春答："能做朋友，再好没有。"

宋小钰苦笑，"我已经有十个八个半兄半妹姻亲姐弟，走在一起，分不清谁是谁，有些还转了姓宋，请起客来，坐满一桌，所以索性搬出来住，独门独户，图个干净清爽。"

常春只得赔笑。

"我最想有一个自己的家。"

常春给她接上去："并且发誓只结一次婚。"

宋小钰讶异，"你怎么知道？"

常春哑然失笑。

宋小钰也笑，"而结果结十次婚的人便是我。"

"别诅咒你自己。"

"不不，那还不算什么，难是难在怎么妥善处理前次婚姻带来的孩子。"

常春有点多心，不出声。

"我不是说你，你是好母亲。"

常春不搭讪。

"冯女士好吗，几时生养？"

"大约在秋季。"

两人又沉默片刻。

宋小钰此来，一定有个目的，她不说，常春也不会去套她，不过很明白她这次绝不是来谈林海青的。

果然，她吁出一口气，"净说闲话，竟把正经事忘了。"

常春仍不追问。

"房子卖掉了，款子寄在刘关张律师处，明日我会通知朱律师，请她把款子对分，付给张琪与张瑜两姐妹。"

常春意外了，抬起双眼，凝视宋小钰。

宋小钰轻轻说："我猜想这才是他真正的心愿。"

常春一声不响。

"他还有一笔定期存款，到期后我也会做同样处理。"

常春忍不住，"涓滴归公？"

"不，我还留有若干美好的记忆。"宋小钰笑了。

常春本想代孩子多谢她，随即想到这其实是两个女孩应得的遗产，便只是客气地说："你的决定是明智的。"

宋小钰答："我也相信如此。"

常春抬起头，发觉安康已经回自己房间去了，显然知道话题与他无关。

过一会儿宋小钰说："生活对你们来说，一定很不容易。"

她只是指出一项事实，并非怜悯之意，故此常春也不打算自辩，只是温和地说："习惯了，各适其适，也有若干乐趣，像下班来不及掏出钥匙开门便与孩子拥抱之类，很少有另一种感情这样深这样长远。"

"但是他们终究要长大离开的吧。"

"我们也不过暂来这世界寄居。"

"你同冯女士一样热爱生命。"

常春笑笑。

她忽然对宋小钰道出肺腑之言："我很小很小的时候，是《儿童乐园》的读者，我看过一则故事，是这样的：两位太太见了面，甲向乙炫耀身上累累的名贵珠宝，乙只笑笑，把两个孩子拥在怀中，骄傲地说：'他们即是我的珠宝！'只有到今日，我才相信故事是真的。"

宋小钰马上说："世上满街满巷是幼儿。"

常春回敬："珠宝更是满坑满谷。"

常春总算赢了漂亮的一招。

"我佩服你的魄力。"

"这是天性，早种在遗传因子里，不过在成年后取出应用而已，对我这种平凡的女性来说，叫我生活得超尘脱俗，不食人间烟火，那才困难呢。"

宋小钰无言。

常春送她出去。

宋小钰说："我开头没把遗产拿出来，不是贪图物质。"

"当然不是。"

宋小钰低下头，"感觉上我可说是个一无所有的人，只有他给我若干憧憬，我想抓着那种感觉。"

常春不出声。

"我是世上最寂寞的人。"

常春温言劝道："不会的，将来有了家庭，你会苦苦哀求孩子给你半天静寂。"

宋小钰笑了，"会吗，我会幸运到有那一天吗?"

"当然会。"

她的要求又不高，从张家骏身上可以看到。

常春说："祝你幸运。"

"你也是。"

她们紧紧握手。

宋小钰走了之后，常春轻轻在沙发上坐下来。

要生活得舒适，其实不需要许多钱，张家骏那一点点遗产，足以供养琪琪与瑜瑜。作为琪琪的母亲，她会精打细算，替女儿谋福利。

常春正翻阅当天的早报，电话铃响了。

是冯季渝的声音："宋小钰刚刚离开我家。"

她也听到好消息了。

"我心头放下一块大石，史必灵，你知道我不比你，身无长物，她的慷慨对我有很大帮助，既然她自动弃权，我乐于接受。"

常春微笑。

兜兜转转无数次，终于还是讨还了公道。

"晚安，史必灵。"

从明天开始，阳光一定好得多。

第二天，林海青问常春："新店要不要找人剪彩?"

常春微笑，找明星名人就不必了，"叫琪琪主礼吧。"

林海青沉默一会儿，忽然建议："安康也要有份儿。"

对，怎么会忘了他，常春十分歉意，"是，安康同琪琪。"

海青又很困惑的样子："那么，瑜瑜要不要一起来呢？"

常春为难，她并非小气，只是难以取舍，"不用了吧。"

"也许琪琪会希望妹妹在场。"瑜瑜的确是她的妹妹。

最民主的方法是同琪琪本人商量。

安康听见了，连忙说："琪琪的妹妹来，我的妹妹也要来，白白是我妹妹。"

常春仍然过不了那一关，"就你们两个剪彩好了，妈妈决定不去惊动别人。"

她没有选黄道吉日，星期六孩子们没事，于是就定周末下午。

两个孩子穿着新衣剪彩，非常兴奋开心，由胡平替他们拍照留念。

常春至此不禁有点踌躇满志，生活上她大致什么都有了，上帝还算对她不薄。当然，她希望身边有个伴侣与她共享这项成就。不过，世事古难全，她轻轻叹口气，不要去想它了。

朱智良有事，人没到，花篮先到。

有人唤她名字，常春抬眼一看，是大腹便便的冯季渝带着瑜瑜与保姆及鲜花来了。

一定又是朱智良这多嘴女，做律师做得这么口疏也真是少有。

常春忽然觉得人多热闹，朱女主意不错。

刚与瑜瑜闲聊几句，那边安康欢呼起来。

呵，他父亲也来了，白白打扮得似小小安琪儿，由安福全拖着手，看样子，白白也终于接受了这位继父。

大家不请自来，济济一堂。

奇就奇在他们并非朋友关系，另有巧妙。

胡平站在林海青身边，似自言自语，其实是讲给哥哥听："看人家多大方，多乐意接受事实。"

林海青不出声。

胡平又轻轻道："也不见得有人会说他们十三点。"

林海青仍然没有回答。

胡平叹口气，"妈妈真的很想与你谈谈。"

常春刚想帮腔，看见宋小钰白衣白裙飘逸地推开玻璃门进来。

来得正好。

常春迎上去，"欢迎欢迎。"

"我来迟了，朱律师昨天才告诉我贵店扩张业务。"

常春笑，"不怕不怕，我来替你们介绍，这位是我的合伙人林海青，你们应该是认识的吧。"

宋小钰很大方地说："久仰大名。"与他握手。

常春拉着胡平，"来，帮我招呼客人。"

胡平捧着照相机，很警惕地同常春说："你看到没有？"

"看到什么？"

"他们两人有眼前一亮的感觉。"

"哪两个人？"

"林海青同宋小钰。"

"呵，你哥哥同姐姐。"

胡平顿时紧张起来，"要是他们两人发展起来，那可如何是好？"

常春取笑，"亲上加亲呀。"

胡平不以为然，"我不信你看不出，这是个很大的社会问题。"

"别担心，林海青同宋小钰一点血缘关系都没有，即使结婚亦不妨。"

"可是他母亲嫁了她父亲，名义上他们是兄妹。"

常春刚想继续揶揄几句，忽然看到那边安康正小心翼翼服侍白白喝橘子汁。

安康一向对这个小女孩有异样的好感，常春都没有正视，此刻她不得不警惕起来。

胡平朝常春目光看去，"你看安康同白白多友善。"

要是将来这两个小孩发展起来，一定令常春心惊肉跳。

常春忽然多了一层心事，也就收敛了活泼。

胡平说下去："多尴尬，兄妹联婚。"

常春垂下眼。

这时冯季渝笑着过来，"史必灵，好人有好报，祝你大展宏图。"

常春另有心事，已不想闲谈。

那一晚，常春做梦了。

梦见十多年之后，安康已经是一个翩翩美少年，而身为母亲的她，也已满头白发，憔悴不堪。

常春指着鬓角说："可怜'高堂明镜悲白发，朝如青丝暮成雪。'"

青年安康过来握着母亲的手，"妈妈，我要结婚了。"

结婚？好呀好呀，常春放下心头一块大石，儿子终于成家立室了，她已没有心事，恢复自由身，随时可以息劳归主。

"请问娶的是哪家小姐？我好去准备聘礼。"

青年安康马上笑了，"妈妈，不必多礼，她就是董白。"

"谁，董白？"

"是董阿姨的女儿呀，自小我就喜欢她。"

"可是，"梦中的常春结结巴巴地说，"董阿姨是你父亲的妻子。"

"这我早知道。"

"你叫你爸爸岳父?"常春一身冷汗。

"妈妈,这不过是世俗的称呼,我们甚至不是远亲,我俩一点血缘关系都没有。"

"可是——"

忽然之间,青年安康的脸色一沉,"妈妈,你不必多讲,要不你爱屋及乌,要不我们断绝来往。"

"安康,安康。"常春急着挥手。

只见安康越走越远,越走越远。

常春自梦中惊醒,"哇"的一声叫出来。

真是可怖的一个噩梦。

她马上跳下床去看安康。

他还是小小的,正熟睡,母亲吵醒了他。

安康惺忪地问:"什么事?"口气似不胜其烦。

常春气,"怎么,妈妈吵醒你不行,你吵醒妈妈就可以? 你这家伙到六个多月,还一晚醒两次你可知道,你欠我多少晚睡眠,你说呀。"

安康不知怎样回答,只好说:"妈妈,去睡吧,明天又是另外一天。"

常春颓然,他已经不需要她了。

那个搂住她大腿哭声震天不让她出门去上班的小小子,如今打发她去睡。

她不禁怀念起当年无眠之苦来。

半夜三更,一次又一次起床,为只为有人真正需要她，这种感觉是最强大的兴奋剂，所以妇女们还是愿意生孩子。

她替安康掩上门。

渐渐她练得习惯二四六点起床，有哭声，不得不起来，没声没息，更要起床看看。

到现在，不起来不习惯了。

为求有点事做，最好再生一个？

常春哑然失笑。

如今惟一可做的事情，便是等孩子们长大。

时间一定会过去，这个愿望必然可以实现。

此刻，常春想找人说说话，她知道有一个人在这种天蒙蒙亮之际一定已经醒来，她是冯季渝。

常春大胆地拨号码。

电话只响一声便通，心有灵犀，那边问："史必灵？"

"这个城市只有夏天。"

"我竟不知道如何挨过这个炎夏。"

"像以往那样慢慢一日一日熬过去，然后，你会诧异冬天来得何其快。"

"用到这个'挨'字，可见生活真没意思。"

常春笑，"我的一位才子朋友说，他早知道生活沉闷，可是就没想到会闷成这样。"

冯季渝接上去，"人人知带孩子辛苦，就没想到辛苦成这样。"

"除了你我，人家娘家或夫家总有相帮的人。"

"算了。"

常春说："我这个人特别小气，安康有三个姑妈，个个袖手旁观，我偏不原谅她们。"

冯季渝笑，"一个人在清晨的意志特别弱，满腔恨事。"

"牢骚特别多，"

"史必灵，你有发怨言的权利，因为你已克服生活，我不行，我还要走一大段路，不能泄气。"

"该结婚了，"常春提醒她，"孩子要名分。"

"上次已经为孩子结婚，这次不能犯同一错误。"

"那么，为这个夏季结婚。"

冯季渝笑。

"天已经亮了，吃一个丰富的早餐，"常春说，"然后去做一个头发，买件新装。"

冯季渝苦笑，"哪有心情。"

"叫保姆带着瑜瑜好了，你也是人，也该轻松一下。"

冯季渝讪笑，是吗，她还是人吗？她难道不是可怜的母牛吗？

常春没有问及冯季渝身边那位先生。

这时安康推门进来，"你还没睡？"十二分讶异，"妈妈，我同你调换身份就好了，我不知多想睡到中午，可是我要上补习班。"叹息表示惋惜。

常春啼笑皆非，本来这是母亲对幼儿最常说的一句话："宝宝为什么还不睡，妈妈累得贼死，想睡都不行，妈妈同你调转做人好不好？"

现在被少年儿子拿来教训她。

常春大叫，"我的褒姿蛋在哪里？"幸亏还有一个小的。

琪琪马上奔过来跳进母亲的怀里。

那日，回到店里，常春看到林海青有明显的黑眼圈。

昨儿晚上一定做贼去了，年轻真好。

坐定当了，海青说："店里有三个人会比较松动。"

常春不出声，是，谁不知道这是事实，难为开头时什么都由她一个人挨。

"我想招聘一个男职员。"

"我赞成。"已到收成的时候。

过一刻，海青说："昨天我去看过家母。"

啊，常春耸然动容。

"她外形仍然标致，自小人家以为她是我们大姐。"

的确有这样得天独厚的女子。

像一部荡气回肠的小说，刚开头已经引人入胜，常春正想把故事听下去，有顾客进来。

常春只得上去招呼。

客人取出图样，"我朋友说，这副耳环在你们处买的。"

常春看一看，"哦。"

"我想要十来副，实不相瞒，我在三藩市渔人码头也开着一爿礼品店。"

"原来是行家，失敬失敬，可是我没有现货，需要预定，你有没有一个星期时间？"

"我后天就回去，可是我愿意付订金，你们大可用速递寄给我。"

"这位是我拍档，你同他商量好了。"

接着进来的是一个英俊的青年，年纪不过十七八岁。

他问常春："你们有没有宝石戒指？"

"有，要什么种类？"

"不超过一千元那种。"他很坦白。

常春有点为难，"能不能多付一点？"

"最多一千二。"

常春也不得不坦白："我们没有那种宝石戒指。"

青年失望。

"送给谁？"

"女朋友，她同学有一只宝石戒指，购自贵店。"

原来如此。

常春不得不硬起心肠，她店里所有陈列品均属商品，非付足银两不可带走，一做善事，客人闻风而来，那还了得。

她"咳嗽"一声，"我们有其他的戒指。"

"一定要有宝石。"

常春歉意地笑笑，摊开手。

忽然她听到一个声音："或者，一只精致的照相架子可以使她开心？"那是林海青。

但那个青年摇摇头，失望地离去。

常春看着他的背影，过十年八年，安康说不定也会这样去为一个陌生少女鞠躬尽瘁。

海青讲出常春心底语："奇就奇在从来没有少年为母亲这般尽心尽意。"

常春白他一眼，"少替我担心，幸亏我还有一个女儿。"

海青说："你不知道你多幸运。"

"我猜我是，"常春停一停，"令堂也有女儿，胡平是你妹妹。"提醒他把故事说下去。

海青惆怅地说："呵是，家母。"

他母亲看上去仍然年轻，端坐在名贵沙发椅上，有点神圣不可侵犯模样。

海青挑一张比较遥远的椅子坐下，客堂间大就有这点好处，人与人之间可以维持点距离，不用肉搏。

母亲开口了："海青，许久不见。"略见恳切的样子。

海青身为艺术家，当然懂得欣赏她身上那件裁剪得无懈可击的旗袍。

这种料子，以前，上海人叫乔其纱。

是种极薄的、半透明、织得略起皱纹的印花棉纱。

海青把目光转到别处。

除他以外，谁会这样端详母亲呢，一般人才不理母亲外形打扮，有什么不同，母亲是母亲，只要爱孩子，也就是好母亲。

半晌才答："我与人合伙，开了一爿礼品店，忙得巴不得有四只手。"

母亲点点头，"我听说了，你的合股人是位很能干的太太，帮你很大的忙。"

海青立刻朝胡平看去。

他的妹妹睁了睁眼，表示消息不是由她泄露的。

母亲仍然不放过他，母亲仍然四处打听他的隐私。

他不来见她是一回事，他的事，她全知道。

说到这里，海青停了下来。

常春很少如此失态，但是她忍无可忍，追下去问："后来怎么样？"

海青说："我走了。"

"什么！"

"我没留下来吃晚饭，我告辞了。"

"可是，"她有一千个疑问，"宋先生是怎么样的一个人？还有，你母亲快乐吗？还有，你们可打算讲和？我都想知道。"

海青说："我也想知道，可是我没沉得住气，我如坐针毡，我不得不走。"

"已经难为你了，你做得很好。"

但是故事听不下去，非常春所愿。

海青眼神忽然闪过一丝狡狯，"明天，明天或许有新发展可以告诉你。"

这是什么，《一千零一夜》？

常春为之气结。

每天讲一点点，说到紧张处，且听下回分解，吊胃口。

林海青为什么要那样做？一定有个理由。

想到这里，常春的面孔忽然涨红了。

胡平来替店铺装修做最后的修改。

她对老板娘说："海青终于去见过母亲，是你的功劳吧，常小姐。"

"不！跟我无关。他始终是她儿子，他一定会去见她。"

"母亲哭了。"

常春抬起一条眉毛，海青一字没提，呵对，也许书还没说到这一节。

"海青也泪盈于睫。"

真精彩，海青打算在什么时候才把这一章说出来呢，不经胡平提示犹可，一经胡平点睛，常春更加心痒难搔。

表面上一点意思都不做出来，常春只是淡淡地笑。

"他坐了好一会儿才走。"

常春闲闲问："有没有吃晚饭？"

"没有，满满一桌菜，没人有心情及胃口，真可惜。"

"宋先生在吗？"

他故意回避在外。

海青没有说谎，他只是隐瞒若干事实不提而已。

那天下午，常春带着琪琪到朱智良律师办公室。

连小琪琪都穿着套装，以示郑重。

冯季渝也来了，拖着瑜瑜小手。

两姐妹坐好以后，朱智良律师温言对她们说："我代表你们的父亲，把这份遗产交给你们。"

两个小女孩看着朱律师，并不明白大人话里意思。

朱律师进一步解释："你们父亲虽然不在世上，但他仍然爱你们牵挂你们，想让你们生活得更好，所以把生前的财产赠予你们，一人一半。"

小女孩仍然不懂，只是乖乖坐着不动。

朱智良说着泪盈于睫，忽然控制不住，大声抽噎一声。

她连忙别转头去遮窘。

律师事务所的空气调节十分冷，有助她恢复常态。

大家维持缄默。

半晌，朱律师转过身子来，把两只信封推到她们面前，轻轻地说："请点收本票。"

两位母亲随即把信封收入手袋。

朱智良律师说："你们的父亲很爱你们。"

多情的人往往以为别人也多情。

事务所的门被打开，他们一转过头去，发觉宋小钰也来了。

她迟到，且穿着旅行装束，大概一会儿有约会，恐怕是出海吧，由此可知，她对张家骏的怀念，亦已减至最低。

这时朱智良律师宣布："遗产移交手续完毕。"

宋小钰嘴角有一个淡淡的微笑，不知心中想些什么。

这时琪琪轻轻在母亲耳畔说："爸爸这次给我什么？"

常春一征，正想斟酌字句，不料，琪琪又问："是新衣还是玩具？"

常春据实答："是一笔款子，将来给你读书之用。"

"哥哥有没有？"

"他没有。"

琪琪大吃一惊，"他没有？那我也不要。"

"他的父亲自会替他打算。"

"分给哥哥一半。"琪琪异常固执地友爱。

常春只得安抚她:"好好,我看着办。"

但愿这样的爱可以延续至成年。

所有同张家骏有关连的女性终于共处一室。

宋小钰对她们说:"车子在楼下等我,飞机四十分钟后起飞。"

"出门?"常春意外。

"去巴厘岛,上一次假期被一宗不幸的意外打断,希望这次有助心情平复。"

常春说:"祝你有意外收获。"

冯季渝与她握手。

宋小钰挥挥手,匆匆而去。

张琪与张瑜两姐妹在一边交头接耳不知说些什么孩子话。

假如大人与大人合得来,孩子与孩子也自然可以做朋友。

冯季渝丰满许多。

她同常春发牢骚:"医生老说体重增加总共不应超过十公斤,开玩笑,我此刻已胖了二十公斤。"

常春圆滑的社会口吻又回来了:"胃口好是值得羡慕的一件事。"

"也许永远不会再瘦。"冯季渝苦笑。

"不怕,"常春叹口气,"你见过胖的牛没有,只有肥的猪,孩子一养下来,既得上班,又要照顾家务，一下子就恢复原状，肌肉一定比从前还结实。"

冯季渝也笑。

"喂，母亲有无收获期？"

"带孩子收获最快，三四个月后婴儿便会对着你笑，一年后叫你妈妈。"

"这叫收获？"

"不然怎么样？你还指望他卧冰求鲤，彩衣娱亲？"

冯季渝觉得常春说的话句句铿锵有力。

当下她说："我还要到医生处检查。"

"你先走好了。"

"我与几间大公司在接头，年薪不错，可以养活一家三口。"

常春微微笑，"谁也没怀疑过你不是一个能干的女子。"

"谢谢你，史必灵。"

冯季渝带着瑜瑜走了。

朱智良对常春说："我很高兴事情有这样理想的结局。"

"多亏你从中斡旋。"

"我何尝做过什么。"

常春说："真正肯帮人的人通常会这样说。"

"你也听过张家骏的录音带？"

常春感喟，"他的一腔热情化为冲动，哪里有什么诚意。"

"来，我送你们母女回家。"

琪琪问母亲："几时把哥哥那份给他？"

朱智良十分感动，"你看姐妹多爱兄弟，调转来就不行。"

真的，胡平对海青多体贴，并不介意两人同母异父。

路上常春非常沉默。

"为何不说话？"朱智良问。

"因为你有事瞒着我。"常春打蛇随棍上。

朱智良吓一跳，"你为何这样说？整件事的来龙去脉，你知道得最清楚。"

"还有若干漏网的细节。"

朱律师说："我保证你已知道一切。"

常春点点头，"其实我与其他人一样，并无资格知道一切。"

"我不介意你知道真相，我漏了说什么？"

常春抬起头，"你忘了告诉我，你才是张家骏财产的继承人。"

朱女立刻噤声。

常春知道她猜对了。

"谢谢你，朱女。"

"谢我什么？"

"谢谢你把款子交给琪琪与瑜瑜。"

朱智良忍不住问："常春，你是怎样猜到的？"

"呵,许许多多蛛丝马迹。"

"说来听听,大侦探。"

"譬如说,那盒录音带,怎么一寄寄了一个月才到我手上。"

朱女笑笑,"被你看穿了。"

常春道:"幸亏不是你犯案,不然一下子被人侦破,录音遗嘱早在你手中,你好心安慰我们,把它寄往横滨,又嘱人再寄回来,可是这样?"

朱女只笑不语。

常春看到她一双耳朵烧得透明。

"张家骏这人,实在好笑,"常春说,"他到底有多少张遗嘱,哪张是最合法的?"

朱女不出声,像是在动脑筋,看看如何措辞,过一刻她说:"张家骏向我求过两次婚。"

常春忍不住讽刺她:"我以为你们情如兄妹。"

朱智良说:"想听故事就别急急加注解。"

常春不语。

"一次在我十九岁,那时他还不认识你们,他要求我别离开这个城市,放弃留学。"

但是朱智良年轻好胜,对前途充满憧憬,只想出人头地,哪里会得考虑这种仓促的求婚。

少女朱智良缩了缩鼻子,模样趣致,拍拍她兄长的肩膀,调皮地说:"十年后,家骏,十年后再讨论这个问题。"

常春讶异道:"可是你说你爱他。"

朱智良苦笑答："爱得远远不够。"

"后来因为内疚，爱得他比较多？"

"我一直尊重他。"

常春算一算日期，朱智良去伦敦留学的第二年，她才认识张家骏。

因为在年轻不羁的朱智良身上失望，所以他挑选成熟解事的常春，一个极端的相反。

人们第二次挑对象，要不就同第一任一模一样，要不就完全不同。

朱智良轻轻说："琪琪差一点就是我的孩子，你明白那种感觉吗？"

常春自嘲："我没有那样痴心的男友，我没有福气享受那种感觉。"

朱智良低下头，"我有我的学业要继续，读法科那种紧张同八年抗战差不多，若不能毕业，前途也就完结。"

朱智良的要求高，常春讪笑，像她，有什么学历？不也挣扎着活下来了，且生存得不错。

"终于毕业，租了套袍子上台领文凭，兴奋了十五分钟，总结了十年寒窗，又得匆匆回来找工作，彼时张家骏已同你分居，他再次向我求婚。"

那次，朱智良的口气不一样，她叹口气，摊开手，"家骏，我出师未捷，你让我赢几次官司再谈婚嫁好不好？"

她已经比较懂事了，知道男人向一个女人求

婚，是至高的尊重。

以前她以为一生中起码有二十多个异性向她求婚，但是在大学七年，四周围都是野心勃勃的年轻人，什么都可以商量，但绝对不是早婚。

张家骏带些赌气带点心酸，他说："我像是一生都在等你似的。"

朱智良笑答："你也没闲着。"

这是事实。

张家骏失望而去，认识了冯季渝。

朱智良说："从那个时候，我开始寂寞，也开始后悔。"

她想同张家骏再论婚嫁，但太迟了，他已将这段感情升华，他真正把她当做知心老友看待。

与此同时，朱智良发觉耗尽她一生最好时光读回来的学历，在都会中虽不至于多如牛毛，也车载斗量。

张家骏与冯季渝分开时相当沮丧。

"我不是好丈夫。"

朱智良鼓起勇气，暗示："要不要做第三次尝试？"

"永不。"

"永不说永不。"

他拼命摇头，"以后只找红颜知己。"

"我是你的知己。"仍尽量做一次努力。

"但是，朱女。"他取笑她，"你已老大，早就不是红颜。"

完了。

世事古难全，他足足等了她十五年，将近等到时他心意已变。

常春叹口气。

回头一看，琪琪已在车后座位上睡着。

"做孩子多好。"朱智良由衷地说。

"你也经过孩提时期。"

"什么都不记得，我并非一个精灵的孩子，连自己几时学会上卫生间都忘得一干二净。"

常春一怔，她也不记得这件事，可见有多糊涂，对人生最美好一段时日毫无记忆。

"愧对张家骏，便尽量设法照顾他后人。"

常春说："那么多异性，相信他爱你最多。"

"他只有我一个老朋友，一直向我托孤：朱女朱女，我若有三长两短，请照顾我的骨肉。常春还好，冯季渝一定会有纰漏——中国人有道理，这种话讲多了，马上会应验。"

朱女双目看着窗外，声音渐渐低下去。

这个故事所有的细节终于都归一了。

常春问："你不打算怀念他一辈子吧？"

朱女啼唏，"凡事适可而止。"

"抬起头来，四周围看看，像你这般人才，一定不乏异性欣赏。"

"欣赏是一件事，结婚又是另外一件事。"

原来一生之中，只是张家骏向她求过两次婚。

时光在刹那间像是忽然打回头。

朱智良似乎看到少年的自己蜷缩在旧沙发里，穿校服的青年张家骏探头过来，"噗"一声吸引她的注意力。

"朱女，嫁给我，我们结婚去。"

"好哇，"朱智良抛下小说，"马上去。"

如果时光可以倒回，她一定同他结婚。

即使只维持一年半载也算报了对方知遇之恩。

她泪盈于睫。

到家了，常春问："要不要上来喝杯冰茶？"

"我累得很，想回家一直睡到二〇〇一年。"

常春羡慕地说："至少你有睡的自由，讲得难听点，哪怕一眠不起，都可当做大解脱办，不比我们，身为人母，不是贪生怕死，万一有什么闪失，若要孩子吃苦，死不瞑目。"

"言若有憾，心实喜之。"

"我只是陈列事实，由衷之言，勿当戏语。"

朱女问："你没好好睡一觉已经多久了？"

"十年。"

也许可以解释，为什么子女不听话，父母要那么生气。

朱女却说："可是我羡慕你，世界无人那样需要我。"

"朱律师，各人有各人的道路，各人有各人的命运。"

琪琪由母亲抱着上楼。

自二点七五公斤那样小的新生儿开始抱，如练举重一般，日复一日，月复一月，天天被逼苦练，常春浑身肌肉渐渐结实，琪琪此刻已经二十公斤有余，可是母亲抱起来，一点不觉吃力。

皆因亲生。

安康来开门，接过妹妹，嘟哝："睡实了又这样可怜，活像一只猪，卖掉她也不知道，可是一醒就闹别扭。"

天下得宠孩儿均如此。

安康说："爸爸找过你。"

"何事？"

"他说谢谢你。"

"是吗，有何可谢？"

"他说有很多地方要谢你。"

常春抬起头，如果，如果在十年前，安福全懂得说一声谢，也许他俩就可以从一而终，省了日后多少事。

但是他吝啬这一声谢。

一切都是应该的，常春对里对外，双手不停自早做到落夜，身兼数职，劳心劳力，对他来说，均是一个哈欠，"啊，是吗，为何你牢骚特别多？"

曾经有一两年，常春以为有毛病的是她，自卑到极点，她脾性欠佳，她办事能力不够，她易生怨言，直至与他分开，慢慢发觉自己是一个正常的女子，难以相处的只是这个永不言谢的男子。

她教导安康事事道谢，没有人明白为何常春这样紧张这些细节。

当下常春不经意说："我不过尽本分而已，没有功劳。"

安康说："他说原来有些女子事事靠佣人。"他向母亲眨眨眼。

常春当然知道安氏父子指的是谁。

常春淡淡答："不是人人对家务有兴趣，男子也应落手落脚帮忙。你，少爷，我同你说过要整理床铺，还有，脏衣服不得随处扔。"

安康说："爸爸说佣人一放假，连一只干净杯子也没有。"

常春听够了，把脸一板，"功课做好了没有？"

安康怪叫起来："一天到晚功课功课功课，世上除去功课就没有其他事物了？"

"有，不是还有任天堂吗？"母亲揶揄他。

安康知道没有人可以与他母亲比试嘴舌，她实在太厉害了，往往一言便中人要害。

电话铃响。

对方是安福全。

他对前妻说："我要到今日才知道，即使有洗衣机，衣服也不会自动跳进去洗净，然后跳出来晾干，然后再折好跳进抽屉去。"

十年，了解这样简单的原理花了他十年时间。

常春问："你不是有个极好的钟点女佣吗？"

"婚后辞退了。"

"你犯了个不可饶恕的错误。"

"董不喜欢她，她仍叫你为安太太。"

常春劝道："不是为生活细节担心。"

安福全答："可是我发觉最折磨人的，使人变得歇斯底里的，就是这些细节了。"

"可以克服。"

"现在每逢周末，我们用纸杯纸碟。"

"好办法！"

"原来男女真的平等了。"安福全颓然。

"好好地享受平等生活。"常春并不同情他。

常春记得与他共同生活时，他永远用瞌睡来逃避责任，周末妻子一手带孩子一手理家务，他老先生关着房门元龙高卧，醒来忙不迭做孝顺儿子陪父母上中国茶楼，每个星期天常春都如此寂寥度过，直至她发觉她根本不需要这个人。

一切已成过去。

值得庆幸的是此刻她生活中已没有多余的人多余的事。

安康与琪琪都不会故意给她制造麻烦，茶来伸手饭来开口那些人已经到别处生活。常春佩服董女士——你不做？我也不做，一天一地的脏衣服脏杯碟任由摊着不理。

常春生就一条劳碌命，她做不到，她天生就该服侍人。

安福全总算碰到顶头货了。

常春感慨，可见恶人自有恶人磨。

第二天，常春回到簇新的店里去工作，发觉新聘请的店员是男生。

林海青时常有新鲜主意。

海青说："我有事同你商量。"

常春笑："借粮免开尊口。"

"比这个更糟，我想放假。"

常春脸色一沉，"林海青，别同我嬉皮笑脸。"

"对不起，我说正经，我想告三天假。"

"上工才三个月就告假？"

海青不语。

"有啥子芝麻绿豆的急事？你们这干人好像由同一个师傅调教出来，百般无聊得慌了才找工作填空当，"常春忽然发起脾气来，"一有琐事，立刻放假，一点责任心都没有。"

海青静静地等她讲完，才说："我要到巴厘岛去。"

常春一听，更觉火上烹油，一只手已要拍到桌子上，忽然灵光一闪，她静下来。

呵巴厘岛，常春在电光石火间想起有一个人在那个巴厘岛上度假。

她的气渐渐平了。

　　对年轻人来讲，还有什么比赶着去见那个人更重要呢。

　　常春听说过有人在摄氏零下三十度的低温乘八小时长途车只为见伊人一面。

　　她看着林海青，林海青也看着她，终于她说："速去速回。"

　　海青笑，"有一天，假使你忽然之间要到一个地方去，我也会批准。"

　　常春答："不会有那么一天了，我是全天候候补命，有我补人，无人补我，不知几时去补青天。"

　　"太悲观了。"

　　"还在等什么，还不去收拾行李？"

　　话一说出口，才觉愚昧，他何用什么行李。

　　海青向新伙计叮嘱几句，才向常春告辞。

　　留他也无用，对了，老话一句，留得住他的人，也留不住他的心。

　　常春祝他幸运，希望他得到他要的人，以及想做的事。

　　林海青走了以后，常春才发觉店里少了他非常不方便。

　　多年来常春不敢依赖任何人是因为靠人是极端危险的一件事，她甚至不敢把家务完全推给佣人，怕就怕她们有一日会拿腔作势。

　　自己来是处世最安全的做法。

　　林海青有他一套，他用传真机向常春报告行

踪。

"我到了,但无心欣赏明媚风光。"

"四处寻找她!酒店,度假村,并无影踪。"

"真会找事来做,当时为何不问一下芳踪何去?"

"寻找有寻找的乐趣,在潮热的雨林中漫步,希望看到那张白秀丽的脸。"

"我开始明白高更为何留在大溪地一直没有回家。"

常春莞尔。

林海青的故事也告一段落,他已与母亲逐步言和,他终于会找到宋小钰,他俩会有一个好的结局。

常春松口气。

以后,每个人都可以四平八稳如常地生活下去。

但是,常春有第六感,她始终觉得外头还有一件尚未解决的事,是什么?她还不知道。

可是冥冥中似有一股力量,叫她提高警觉,准备应付这件事。

冯季渝决定结婚。

她征求常春的意见。

常春说:"我自己不会做的事我亦不会劝人做,仪式越简单越好,穿一个宽身贵重些的常服。"

"什么颜色?"冯季渝心情似乎十分好。

"颜色无所谓。"

"深一点还是浅一点?"

"珠灰吧,珠灰不起眼。"

"干吗要挑那么沉的色素?"明知故问。

常春十分不客气地答:"因为白色已不适合你我。"

冯季渝沉默一会儿才说:"原来如此。"

常春补一句:"那不过是我的愚见。"

冯季渝讪笑,"不,愚的是我。"

常春这时又有点不大好意思,"你原本想挑什么颜色?"

"淡蓝,或是浅蛋黄。"

"那也不算过分,可是人家的注意力会集中在你腹上。"

冯季渝答:"我知道你好意。"

但她是那种并不在乎人家说什么的勇士,其实常春亦不畏人言,只是,何必为人家提供话题与笑料。

"还是珠灰色好看。"常春又说一次。

"尚有一件事。"

"叫我陪你挑礼服式样?"

"不,瑜瑜做我的傧相,我的意思是,琪琪也一齐来,岂不是更好。"

常春一听,三魂不见七魄,惨就惨在冯季渝这种新派女子还以为是给足常春面子。

常春不能让她有任何误会，"不不不，"她结结巴巴地说，"琪琪不可牵涉在内，我不想她，我不能，我——"她颓然，"太复杂了。"几乎落下泪来。

"一个婚礼有何复杂，"冯季渝说，"同葬礼一样，同新店剪彩无异。常春，你背这个包袱还要多久？"

常春不语。

平时作轻松谈话，他们叫她史必灵，有什么严肃的话要讨论，则改称常春，真奇怪，从她父亲到冯季渝都不约而同有这种习惯。

常春答："我猜我有许多地方要向你学习，但此刻，琪琪不能做傧相。"

"做客人总可以吧？"

常春吞一口唾沫。

"小女孩子喜欢婚礼。"

这是真的，许多许多年之前，常春也由父亲带着参加过婚礼。在酒店大堂内，三层高雪白的蛋糕，香槟酒，新娘子穿着白纱，像一只洋娃娃。

常春同父亲说："新娘好美好美。"

父亲答："伊平日打扮还要好看些。"

她是他的同事。

那次婚礼历历在目。

"让琪琪来。"

"我会征询她的意见。"

"你一向十分尊重孩子们。"

常春惨笑，"我可没有问他们要不要到这个世界来。"

"史必灵，你这个小生意人口角何其似哲学家。"

常春为此矛盾了整个前半生。

琪琪愿意参加婚礼。

"妈妈，让我去，我从来没到过婚礼。"

常春叹一口气。

"我是否能穿漂亮衣裳？粉红色一层，纱背后有大蝴蝶结那种。"

"我会替你选一件合适衣裳。"

"粉红色，嗳？"琪琪讨价还价。

安康在一旁说："妈妈最不喜欢粉红色。"

但是在那一刻，常春忽然觉得人生在世痛苦多，欢乐少，热泪夺眶而出，"好，"她与琪琪敲定，"粉红色。"

为了孩子，她把眼泪强忍下去。

下午，聪明的安康轻轻问："妈妈，这些日子来，你其实并不快乐？"

"不，"常春否认，"我并非不快乐。"

"看上去你也不似欢乐。"

常春说："将来你会明白，成年人所思所虑特别多，很难像幼童那般开心。"

安康笑，"是，将来我一定都会明白。"

"或者不明白更好，做一个最快乐的成年人。"

常春走遍童装部为琪琪挑选参加婚礼酒会的粉红色裙子。

都会真是要什么有什么，常春曾听过老人家传神而促狭地形容：只要有铜钿，带胡须的娘都买得到。

常春自然也买到了琪琪要的裙子。

极浅极浅的贝亮淡红，不留神，就以为是象牙色，长至足踵，小飞侠圆领、灯笼袖，奥根蒂纱捆缎边，五位数字。

常春咬咬牙根买下来，还配了鞋袜。

她自己苦出身，到十八九岁还没穿过这么漂亮的衣裳，但母亲吃苦，难道不是想子女生活得更好。

装衣服的盒子也够夸张的，琪琪捧着它，大眼睛里充满感激之情。

为了她，一切都是值得的。

连安康都说："真值得，那样开心……女孩子快乐时光有限，没有不吃苦的，要尽量对她们好。"

常春微笑着称赞大儿："有你这样懂事的哥哥，琪琪将来不必吃苦。"

安康回敬："她还有那么能干的妈妈。"

三天很快过去，林海青没有回来。

常春一直有他的消息。

他在当地一个有名望的华侨山庄里找到了宋小

钰，决定多留几天。

常春由第六感官带来不安的情绪仍然滞留在身体某部分。

不因林海青久久不返。

也不因冯季渝的婚礼。

呵，对了，那次婚礼十分愉快。

在一间私人会所举行，到会者多数是冯季渝工作上的朋友。琪琪打扮得那么漂亮，引致好几位行内人士询问："小公主有无兴趣拍广告？"

常春只笑不语。

冯季渝笑答："她母后不会批准。"

"可是我们所付酬劳丰厚。"

"母后才不在乎。"

常春笑得打跌。

但是她内心一角仍然觉得隐隐不妥。

是什么原委？

散会之际，常春领着琪琪去与冯季渝握手。

琪琪对妹妹的母亲说："你今天很美。"

冯女士答："谢谢你大驾光临。"

"妈妈说，瑜瑜或许可到我们家小住。"

"我很感激这番好意。"

对白的语气一如英国人。

回到家，常春轻轻替琪琪折好那件纱衣。

只能穿一次，因此分外矜贵，明年也许还有婚礼，但女孩已经长高，时光如流水，一去不复回。

一星期过去，林海青仍然没有回来。

常春打算同他说："你这辈子的余生都别再想有假。"

他荐妹妹胡平来帮忙。

胡平第二天就带来一大帮新客，她眨眨眼对老板娘说："家母的亲友。"

是那种见惯世面扬起一道眉说："贵不要紧可是要特别"的中年时髦妇女。

是常春梦寐以求的客人，她巴不得她们连她也买下来带回家。

胡平直率的活力影响了常春。

她俩无话不说。

"常春，你似精神欠佳，有什么使你烦恼?"

"是一件将发生未发生的事。"

"呵，我不知你有特异功能。"

常春笑笑，"对，海青到底几时回来?"

"下个礼拜吧。"

"他们不知有否论及婚嫁。"

"他俩? 不会的，他们不会浪费时间谈那个。"

"是的，时间真不够用。"

晃眼间又是一日，早早早早早到清晨五时黎明即起，还不是一下子又到日落西山。

呵，寻欢趁早。

海青完全做对了。

没想到他刚自巴厘岛回来就上班。

常春有意外之喜，"哟，早。"

"早。"他一身健康金棕肤色。

大家对他的假期一字不提，直至中午。

"开心吗？"常春没头没脑地问。

"很快活，但是，"他做一个手势，"没有计划将来。"

"我们只顾今朝。"

"明天会照顾自己。"

海青笑。

"那批货你好寄出去了，因为……"他们开始谈公事。

海青接的订单有越来越多的趋势。

两人埋头讨论半晌，因聚精会神，对四周围环境不闻不问，直至他们的新伙计过来说："常小姐，有人找你。"

常春十分不情愿地抬起头来，一看，只见一个穿校服的少女腼腆地站在那里。

常春的第六灵感马上告诉她，这少女，就是她的心为之忐忑的主角。

但，她是谁？

常春不由自主地放下手上的工作，趋向前去。

"请坐。"她招呼少女。

少女约十五六年纪。在那个年纪，她们都有漆黑头发，碧清双目，象牙色皮肤，以及玫瑰花瓣似的嘴唇。

　　常春留恋少女美色，曾经一度，她也曾拥有红颜。常春不由得叹息一声。

　　少女放下考究的皮书包，"你是常春小姐?"看样子家境不错。

　　"是。你呢，你是哪一位?"

　　"我叫赵佩。"少女答。

　　好名字。

　　"我能为你做什么?"常春殷勤地问。

　　不知怎地，常春知道一定可以帮到她。

　　这个时候，海青替她们拿来两杯茶。

　　少女很有条理地说："我今年才十五岁，是家中独女，在圣马利女校念四年级。"

　　常春非常留心聆听。

　　"父亲在年头办移民手续，我才发觉一件真相。"

　　来了。

　　店里静得落下一枚圆钉都可以听见。

　　"原来，我并非父母亲生，我只是他们的领养儿。"

　　常春扬起一角眉毛看着她。

　　"于是，"少女说，"我很自然地想知道，我亲生父母，是什么人。"

　　常春问："养父母对你好不好?"

　　"他俩是我所知道天下最好的父母。"

　　"你真幸运!"

少女笑，露出雪白的牙齿，"我知道，下个月，我会跟随他们前往温哥华定居。"

"太好了。"

"以后说不定几时回来，也许就不再回来了。"

常春颔首，"是的，我明白。"

"爸妈很大方，他们告诉我，我生父姓张，叫张家骏。"

一切在常春意料中。

赵佩的神色很平静，"而常小姐，你是他的妻子。"

常春"咳嗽"一声，温柔地说："你得到的消息有点过时，我同张君早已分手，并且，他已因病逝世。"

"啊。"少女有点失望，但不见得伤感。

她只是好奇。

"我来迟一步了。"她语气惋惜。

"你的生母呢？"

"她嫁进豪门，生活很好，我们见过一面，她丈夫不知道有我这个人，我也愿意替她保守秘密。"

"如果你长得像令堂，那么，你们都是美女。"

少女谦曰："我很普通，不及她十分一。"

常春暗中算一算日子，少女出生时，张家骏还是高中生。

"常小姐，他是不是一个好人？"

常春义不容辞地答："是，张君人品纯良，假如他知道你的存在，他会对你负责。"

"你说得对，常小姐，我生母没把怀孕一事告诉他。"

"她一定非常坚强独立。"

少女很明显得到她的遗传。

常春问："你怎么会找到我？"

"呵，我委托一位姓郭的私家侦探……我造次了，请常小姐包涵。"

常春说："我有张君的生活照，你要不要看看？"

少女额首，"好得很。"

常春自抽屉中取出数帧生活照。

少女指着照片中的琪琪，"这是谁，"她的双目忽然发亮，"这可是我的妹妹琪琪。"

"是，她是你妹妹琪琪。"

少女绽开笑容，"可爱极了，"她兴奋得像是世界从此不再寂寞的样子，"常小姐，请允准我同她通信。"

"没问题。"

"常小姐，"她凝视这位陌生的阿姨，"连你都肯嫁他，我生父肯定不是坏人。"

常春苦笑地接受这崇高的赞美，没告诉少女，人，有时会犯错误。

"我能否保留这张照片？"

"可以，"常春把店里的卡片给她，"同我们保持联络。"

"谢谢你。"她与常春紧紧握手。

常春一直送她到店门口。

少女离开之后,常春放下心中一块大石,她摸摸胸口,但觉四平八稳,一点遗憾也没有,她大可以五十年不变,枯燥辛劳地生活下去。

真幸福。

林海青搭讪问:"那美少女是谁?"

常春转过头来,"琪琪长大了不知会不会有人家一半那么漂亮。"

海青很老实地答:"不会,但琪琪有另外一种样子,她将会是张琪博士,天文物理专家,把她发现的新星,以母亲的名字命名。"

千穿万穿,马屁不穿,常春乐得眉开眼笑。

当天晚上,常春做了一个梦。

梦见自己走一条非常崎岖的山路,举步艰难,背上驮着琪琪,已经累到极点。

忽然之间,常春发觉安康不在身边,这一惊非同小可,她大声号哭,一边叫:"康儿,康儿!"声嘶力竭。

一路摸索地找过去,幸亏衣衫褴褛的小康儿向她奔着过来,常春一把揽住不放,也一并背着走。

无论怎样苦,孩子总算都在自己身边。

可是就在这时候,有一个巨大的声音同她说:"常春,常春,你忘了你还有一个大女儿?"

　　常春真正地呆住了，她抬起头，望着苍天，恍惚间好似真有一个大女儿生在不知名的地方，那孩子思念生母，正哀哀痛哭。

　　常春心头一阵剧痛，仿佛利刃穿心，泪如雨下，但觉生不如死，跪倒地上，嘴里发出"呵呵"之声。

　　"妈妈，妈妈。"

　　常春睁开双眼，发觉适才做了个噩梦中的噩梦。

　　琪琪正蹲在她身边，"妈妈，你又做梦了。"

　　常春抹抹一额冷汗，"妈妈吵醒你了？"

　　琪琪笑着跳上床来，"不要紧。"

　　常春抱住琪琪，一直流泪。

　　"妈妈，我来服侍你。"小琪替她擦干眼泪。

　　"谢谢琪琪。"

　　"你做梦看见老虎追你？"

　　常春答："是，二十来只斑斓的吊睛白额虎带着腥风张牙舞爪扑将上来。"

　　"多恐怖。"

　　远远不及折磨人的日常生活可怖。

　　常春打了一个冷颤。

　　凌晨气温已经下降，不知什么时候，又捱过了一个炎夏，空气中仿佛有点秋意。

　　都会人又一次熬将下来。

　　安康这时出现在房门口，向母亲抗议："女人，是否都不用睡觉?"

　　稍后在他的生命中,他会发现真相。

　　此刻,他母亲对他说:"换衣服,我们一起出去吃早餐。"